SOLDADOS DE SALAMINA

colección andanzas

JAVIER CERCAS
SOLDADOS DE SALAMINA

TUSQUETS
EDITORES

1.ª edición: marzo 2001
30.ª edición: octubre 2003

1.ª edición argentina: noviembre 2003
2.ª edición argentina: septiembre 2004

Diseño de la colección: Guillemot-Navares
Reservados todos los derechos de esta edición para
Tusquets Editores S.A. - Venezuela 1664 - (1096) Buenos Aires
tusquets@interar.com.ar
ISBN: 950-9779-65-2
Hecho el depósito de ley.
Impreso en el mes de septiembre de 2004 en Artes Gráficas Delsur
Almirante Solier 2450 - Sarandí - Pcia. de Buenos Aires
Impreso en la Argentina - Printed in Argentina

Índice

Índice

Para Raül Cercas y Mercè Mas

Los dioses han ocultado lo que hace vivir a los hombres.

Hesíodo, *Los trabajos y los días*

NOTA DEL AUTOR

Este libro es fruto de numerosas lecturas y de largas conversaciones. Muchas de las personas con las que estoy en deuda aparecen en el texto con sus nombres y apellidos; de entre las que no lo hacen, quiero mencionar a Josep Clara, Jordi Gracia, Eliane y Jean-Marie Lavaud, José-Carlos Mainer, Josep Maria Nadal y Carlos Trías, pero especialmente a Mónica Carbajosa, cuya tesis doctoral, titulada *La prosa del 27: Rafael Sánchez Mazas*, me ha sido de gran utilidad. A todos ellos, gracias.

Primera parte
Los amigos del bosque

Fue en el verano de 1994, hace ahora más de seis años, cuando oí hablar por primera vez del fusilamiento de Rafael Sánchez Mazas. Tres cosas acababan de ocurrirme por entonces: la primera es que mi padre había muerto; la segunda es que mi mujer me había abandonado; la tercera es que yo había abandonado mi carrera de escritor. Miento. La verdad es que, de esas tres cosas, las dos primeras son exactas, exactísimas; no así la tercera. En realidad, mi carrera de escritor no había acabado de arrancar nunca, así que difícilmente podía abandonarla. Más justo sería decir que la había abandonado apenas iniciada. En 1989 yo había publicado mi primera novela; como el conjunto de relatos aparecido dos años antes, el libro fue acogido con notoria indiferencia, pero la vanidad y una reseña elogiosa de un amigo de aquella época se aliaron para convencerme de que podía llegar a ser un novelista y de que, para serlo, lo mejor era dejar mi trabajo en la redacción del periódico y dedicarme de lleno a escribir. El resultado de este cambio de vida fueron cinco años de angustia económica, física y metafísica, tres novelas inacabadas y una depresión espantosa que me tumbó durante dos meses en una butaca, frente al televisor. Harta de pagar las facturas, incluida la del entierro de mi padre, y de verme mirar el televisor apagado y llorar, mi mujer se largó de casa apenas empecé a recuperarme, y a mí no me quedó otro remedio que olvidar para siempre mis ambiciones literarias y pedir mi reincorporación al periódico.

Acababa de cumplir cuarenta años, pero por fortuna —o porque no soy un buen escritor, pero tampoco un mal periodista, o, más probablemente, porque en el periódico no contaban con nadie que quisiera hacer mi trabajo por un sueldo tan exiguo como el mío— me aceptaron. Se me adscribió a la sección de cultura, que es donde se adscribe a la gente a la que no se sabe dónde adscribir. Al principio, con el fin no declarado pero evidente de castigar mi deslealtad —puesto que, para algunos periodistas, un compañero que deja el periodismo para pasarse a la novela no deja de ser poco menos que un traidor—, se me obligó a hacer de todo, salvo traerle cafés al director desde el bar de la esquina, y sólo unos pocos compañeros no incurrieron en sarcasmos o ironías a mi costa. El tiempo debió de atenuar mi infidelidad: pronto empecé a redactar sueltos, a escribir artículos, a hacer entrevistas. Fue así como en julio de 1994 entrevisté a Rafael Sánchez Ferlosio, que en aquel momento estaba pronunciando en la universidad un ciclo de conferencias. Yo sabía que Ferlosio era reacio en extremo a hablar con periodistas, pero, gracias a un amigo (o más bien a una amiga de ese amigo, que era quien había organizado la estancia de Ferlosio en la ciudad), conseguí que accediera a conversar un rato conmigo. Porque llamar a aquello entrevista sería excesivo; si lo fue, fue también la más rara que he hecho en mi vida. Para empezar, Ferlosio apareció en la terraza del Bistrot envuelto en una nube de amigos, discípulos, admiradores y turiferarios; este hecho, unido al descuido de su indumentaria y a un físico en el que inextricablemente se mezclaban el aire de un aristócrata castellano avergonzado de serlo y el de un viejo guerrero oriental —la cabeza poderosa, el pelo revuelto y entreverado de ceniza, el rostro duro, demacrado y difícil, de nariz judía y mejillas som-

18

breadas de barba–, invitaba a que un observador desavisado lo tomara por un gurú religioso rodeado de acólitos.

Pero es que, además, Ferlosio se negó en redondo a contestar una sola de las preguntas que le formulé, alegando que en sus libros había dado las mejores respuestas de que era capaz. Esto no significa que no quisiera hablar conmigo; al contrario: como si buscara desmentir su fama de hombre huraño (o quizás es que ésta carecía de fundamento), estuvo cordialísimo, y la tarde se nos fue charlando. El problema es que si yo, tratando de salvar mi entrevista, le preguntaba (digamos) por la diferencia entre personajes de carácter y personajes de destino, él se las arreglaba para contestarme con una disquisición sobre (digamos) las causas de la derrota de las naves persas en la batalla de Salamina, mientras que cuando yo trataba de extirparle su opinión sobre (digamos) los fastos del quinto centenario de la conquista de América, él me respondía ilustrándome con gran acopio de gesticulación y detalles acerca de (digamos) el uso correcto de la garlopa. Aquello fue un tira y afloja agotador, y no fue hasta la última cerveza de aquella tarde cuando Ferlosio contó la historia del fusilamiento de su padre, la historia que me ha tenido en vilo durante los dos últimos años. No recuerdo quién ni cómo sacó a colación el nombre de Rafael Sánchez Mazas (quizá fue uno de los amigos de Ferlosio, quizás el propio Ferlosio). Recuerdo que Ferlosio contó:

–Lo fusilaron muy cerca de aquí, en el santuario del Collell. –Me miró–. ¿Ha estado usted allí alguna vez? Yo tampoco, pero sé que está junto a Banyoles. Fue al final de la guerra. El 18 de julio le había sorprendido en Madrid, y tuvo que refugiarse en la embajada de Chile, donde pasó más de un año. Hacia finales del treinta y siete escapó de la embajada y salió de Madrid camuflado en un camión, quizá con el propósito de llegar hasta Francia. Sin embargo, lo detuvieron en Barcelona, y cuando las tropas de Franco llegaban a la ciudad se lo llevaron al Collell, muy cerca de la frontera. Allí lo fusilaron. Fue un fusilamiento en masa, probablemente caótico, porque la guerra ya estaba perdida y los republicanos huían en desbandada por los Pirineos, así que no creo que supieran que estaban fusilando a uno de los fundadores de Falange, amigo personal de José Antonio Primo de Rivera por más señas. Mi padre conservaba en casa la zamarra y el pantalón con que lo fusilaron, me los enseñó muchas veces, a lo mejor todavía andan por ahí; el pantalón estaba agujereado, porque las balas sólo lo rozaron y él aprovechó la confusión del momento para correr a esconderse en el bosque. Desde allí, refugiado en un agujero, oía los ladridos de los perros y los disparos y las voces de los milicianos, que lo buscaban sabiendo que no podían perder mucho tiempo buscándolo, porque los franquistas les pisaban los talones. En algún momento mi padre oyó un ruido de ramas a su espalda, se dio la vuelta y vio a un miliciano que le miraba. Entonces se oyó un grito: «¿Está por ahí?». Mi padre contaba que el miliciano se quedó mirándole unos segundos y que luego, sin dejar de mirarle, gritó: «¡Por aquí no hay nadie!», dio media vuelta y se fue.

Ferlosio hizo una pausa, y sus ojos se achicaron en una expresión de inteligencia y de malicia infinitas, como los de un niño que reprime la risa.

—Pasó varios días refugiado en el bosque, alimentándose de lo que encontraba o de lo que le daban en las masías. No conocía la zona, y además se le habían roto las gafas, de manera que apenas veía; por eso decía siempre que no hubiera sobrevivido de no ser porque encontró a unos muchachos de un pueblo cercano, Cornellà de Terri se llamaba o se llama, unos muchachos que le protegieron y le alimentaron hasta que llegaron los nacionales. Se hicieron muy amigos, y al terminar todo se quedó

20

varios días en su casa. No creo que volviera a verlos, pero a mí me habló más de una vez de ellos. Me acuerdo de que siempre les llamaba con el nombre que se habían puesto: «Los amigos del bosque». Ésa fue la primera vez que oí contar la historia, y así la oí contar. En cuanto a la entrevista con Ferlosio, conseguí finalmente salvarla, o quizás es que me la inventé: que yo recuerde, ni una sola vez se aludía en ella a la batalla de Salamina (y sí a la distinción entre personajes de destino y personajes de carácter), ni al uso exacto de la garlopa (y sí a los fastos del quinto centenario del descubrimiento de América). Tampoco se mencionaba en la entrevista el fusilamiento del Collell ni a Sánchez Mazas. Del primero yo sólo sabía lo que acababa de oírle contar a Ferlosio; del segundo, poco más: en aquel tiempo no había leído una sola línea de Sánchez Mazas, y su nombre no era para mí más que el nombre brumoso de uno más de los muchos políticos y escritores falangistas que los últimos años de la historia de España habían enterrado aceleradamente, como si los enterradores temiesen que no estuvieran del todo muertos.

De hecho, no lo estaban. O por lo menos no lo estaban del todo. Como la historia del fusilamiento de Sánchez Mazas en el Collell y las circunstancias que lo rodearon me habían impresionado mucho, tras la entrevista con Ferlosio empecé a sentir curiosidad por Sánchez Mazas; también por la guerra civil, de la que hasta aquel momento no sabía mucho más que de la batalla de Salamina o del uso exacto de la garlopa, y por las historias tremendas que engendró, que siempre me habían parecido excusas para la nostalgia de los viejos y carburante para la imaginación de los novelistas sin imaginación. Casualmente (o no tan casualmente), por entonces se puso de moda entre los escritores españoles vindicar a los escritores falangistas. La cosa, en realidad, venía de antes, de cuando a mediados de los ochenta ciertas editoriales tan exquisitas como influyentes publicaron algún volumen de algún exquisito falangista olvidado, pero, para cuando yo empecé a interesarme por Sánchez Mazas, en determinados círculos literarios ya no sólo se vindicaba a los buenos escritores falangistas, sino también a los del montón e incluso a los malos. Algunos ingenuos, como algunos guardianes de la ortodoxia de izquierdas, y también algunos necios, denunciaron que vindicar a un escritor falangista era vindicar (o preparar el terreno para vindicar) el falangismo. La verdad era exactamente la contraria: vindicar a un escritor falangista era sólo vindicar a un escritor; o más exactamente: era vindicarse a sí mismos como escritores vindicando a un buen escritor. Quiero decir que esa moda surgió, en los mejores casos (de los peores no merece la pena hablar), de la natural necesidad que todo escritor tiene de inventarse una tradición propia, de un cierto afán de provocación, de la certidumbre problemática de que una cosa es la literatura y otra la vida y de que por tanto se puede ser un buen escritor siendo una pésima persona (o una persona que apoya y fomenta causas pésimas), de la convicción de que se estaba siendo literariamente injusto con ciertos escritores falangistas, quienes, por decirlo con la fórmula acuñada por Andrés Trapiello, habían ganado la guerra, pero habían perdido la historia de la literatura. Sea como fuere, Sánchez Mazas no escapó a esta exhumación colectiva: en 1986 se publicaron por vez primera sus poesías completas; en 1995 se reeditó en una colección muy popular la novela *La vida nueva de Pedrito de Andía;* en 1996 se reeditó también *Rosa Krüger,* otra de sus novelas, que de hecho había permanecido inédita hasta 1984. Por entonces leí todos esos libros. Los leí con curiosidad, con fruición incluso, pero no con entusiasmo: no necesité frecuentarlos mucho para concluir que Sánchez Mazas era un buen escritor, pero no un gran escritor, aunque apuesto a que no hubiera sabido explicar con claridad qué diferencia a un gran escritor de un buen escritor. Recuerdo que en los meses o años que siguieron fui recogiendo también, al azar de mis lecturas, alguna noticia dispersa acerca de Sánchez Mazas e incluso alguna alusión, muy sumaria e imprecisa, al episodio del Collell.

Pasó el tiempo. Empecé a olvidar la historia. Un día de principios de febrero de 1999, el año del sesenta aniversario del final de la guerra civil, alguien del periódico sugirió la idea de escribir un artículo conmemorativo del final tristísimo del poeta Antonio Machado, que en enero de 1939, en compañía de su madre, de su hermano José y de otros cientos de miles de españoles despavoridos, empujado por el avance de las tropas franquistas huyó desde Barcelona hasta Collioure, al otro lado de la frontera francesa, donde murió poco después. El episodio era muy conocido, y pensé con razón que no habría periódico catalán (o no catalán) que por esas fechas no acabara evocándolo, así que ya me disponía a escribir el consabido artículo rutinario cuando me acordé de Sánchez Mazas y de que su frustrado fusilamiento había ocurrido más o menos al mismo tiempo que la muerte de Machado, sólo que del lado español de la frontera. Imaginé entonces que la simetría y el contraste entre esos dos hechos terribles —casi un quiasmo de la historia— quizá no era casual y que, si conseguía contarlos sin pérdida en un mismo artículo, su extraño paralelismo acaso podía dotarlos de un significado inédito. Esta superstición se afianzó cuando, al empezar a documentarme un poco, di por casualidad con la historia del viaje de Manuel Machado hasta Collioure, poco después de la muerte de su hermano Antonio. Entonces me puse a escribir. El resultado fue un artículo titulado «Un secreto esencial». Como a su modo también es esencial para esta historia, lo copio a continuación:

23

«Se cumplen sesenta años de la muerte de Antonio Machado, en las postrimerías de la guerra civil. De todas las historias de aquella historia, sin duda la de Machado es una de las más tristes, porque termina mal. Se ha contado muchas veces. Procedente de Valencia, Machado llegó a Barcelona en abril de 1938, en compañía de su madre y de su hermano José, y se alojó primero en el Hotel Majestic y luego en la Torre de Castañer, un viejo palacete situado en el paseo de Sant Gervasi. Allí siguió haciendo lo mismo que había hecho desde el principio de la guerra: defender con sus escritos al gobierno legítimo de la República. Estaba viejo, fatigado y enfermo, y ya no creía en la derrota de Franco; escribió: "Esto es el final; cualquier día caerá Barcelona. Para los estrategas, para los políticos, para los historiadores, todo está claro: hemos perdido la guerra. Pero humanamente, no estoy tan seguro... Quizá la hemos ganado". Quién sabe si acertó en esto último; sin duda lo hizo en lo primero. La noche del 22 de enero de 1939, cuatro días antes de que las tropas de Franco tomaran Barcelona, Machado y su familia partían en un convoy hacia la frontera francesa. En ese éxodo alucinado los acompañaban otros escritores, entre ellos Corpus Barga y Carles Riba. Hicieron paradas en Cervià de Ter y en Mas Faixat, cerca de Figueres. Por fin, la noche del 27, después de caminar seiscientos metros bajo la lluvia, cruzaron la frontera. Se habían visto obligados a abandonar sus maletas; no tenían dinero. Gracias a la ayuda de Corpus Barga, consiguieron llegar a Collioure e instalarse en el hotel Bougnol Quintana. Menos de un mes más tarde moría el poeta; su madre le sobrevivió tres días. En el bolsillo del gabán de Antonio, su hermano José halló unas notas; una de ellas era un verso, quizás el primer verso de su último poema: "Estos días azules y este sol de la infancia".

»La historia no acaba aquí. Poco después de la muerte de Antonio, su hermano el poeta Manuel Machado, que vivía en Burgos, se enteró del hecho por la prensa extranjera. Manuel y Antonio no sólo eran hermanos: eran íntimos. A Manuel la sublevación del 18 de julio le sorprendió en Burgos, zona rebelde; a Antonio, en Madrid, zona republicana. Es razonable suponer que, de haber estado en Madrid, Manuel hubiera sido fiel a la República; tal vez sea ocioso preguntarse qué hubiera ocurrido si Antonio llega a estar en Burgos. Lo cierto es que, apenas conoció la noticia de la muerte de su hermano, Manuel se hizo un salvoconducto y, tras viajar durante días por una España calcinada, llegó a Collioure. En el hotel supo que también su madre había fallecido. Fue al cementerio. Allí, ante las tumbas de su madre y de su hermano Antonio, se encontró con su hermano José. Hablaron. Dos días más tarde Manuel regresó a Burgos.

»Pero la historia —por lo menos la historia que hoy quiero contar— tampoco acaba aquí. Más o menos al mismo tiempo que Machado moría en Collioure, fusilaban a Rafael Sánchez Mazas junto al santuario del Collell. Sánchez Mazas fue un buen escritor; también fue amigo de José Antonio, y uno de los fundadores e ideólogos de Falange. Su peripecia en la guerra está rodeada de misterio. Hace unos años, su hijo, Rafael Sánchez Ferlosio, me contó su versión. Ignoro si se ajusta a la verdad de los hechos; yo la cuento como él me la contó. Atrapado en el Madrid republicano por la sublevación militar, Sánchez Mazas se refugió en la embajada de Chile. Allí pasó gran parte de la guerra; hacia el final trató de escapar camuflado en un camión, pero le detuvieron en Barcelona y, cuando las tropas de Franco llegaban a la ciudad, se lo llevaron camino de la frontera. No lejos de ésta se produjo el fusilamiento; las balas, sin embargo, sólo lo rozaron, y él aprovechó la confusión y corrió a esconderse en el bos-

25

que. Desde allí oía las voces de los milicianos, acosándole. Uno de ellos lo descubrió por fin. Le miró a los ojos. Luego gritó a sus compañeros: "¡Por aquí no hay nadie!". Dio media vuelta y se fue.

»"De todas las historias de la Historia", escribió Jaime Gil, "sin duda la más triste es la de España, / porque termina mal." ¿Termina mal? Nunca sabremos quién fue aquel miliciano que salvó la vida de Sánchez Mazas, ni qué es lo que pasó por su mente cuando le miró a los ojos; nunca sabremos qué se dijeron José y Manuel Machado ante las tumbas de su hermano Antonio y de su madre. No sé por qué, pero a veces me digo que, si consiguiéramos desvelar uno de esos dos secretos paralelos, quizá rozaríamos también un secreto mucho más esencial».

Quedé muy satisfecho del artículo. Cuando se publicó, el 22 de febrero de 1999, exactamente sesenta años después de la muerte de Machado en Collioure, exactamente sesenta años y veintidós días después del fusilamiento de Sánchez Mazas en el Collell (pero la fecha exacta del fusilamiento sólo la conocí más tarde), me felicitaron en la redacción. En los días que siguieron recibí tres cartas; para mi sorpresa —nunca fui un articulista polémico, de esos cuyos nombres menudean en la sección de cartas al director, y nada invitaba a pensar que unos hechos acaecidos sesenta años atrás pudieran afectar demasiado a nadie— las tres se referían al artículo. La primera, que imaginé redactada por un estudiante de filología en la universidad, me reprochaba haber insinuado en mi artículo (cosa que yo no creía haber hecho, o más bien no creía haber hecho del todo) que, si Antonio Machado se hubiera hallado en el Burgos sublevado de julio del 36, se hubiera puesto del lado franquista. La segunda era más dura; estaba escrita por un hombre lo bastante mayor

26

para haber vivido la guerra. Con jerga inconfundible, me acusaba de «revisionismo», porque el interrogante del último párrafo, el que seguía a la cita de Jaime Gil («¿Termina mal?»), sugería de forma apenas velada que la historia de España termina bien, cosa a su juicio rigurosamente falsa. «Termina bien para los que ganaron la guerra», decía. «Pero mal para los que la perdimos. Nadie ha tenido ni siquiera el gesto de agradecernos que lucháramos por la libertad. En todos los pueblos hay monumentos que conmemoran a los muertos de la guerra. ¿En cuántos de ellos ha visto usted que por lo menos figuren los nombres de los dos bandos?» El texto acababa de esta forma: «¡Y una gran mierda para la Transición! Atentamente: Mateu Recasens».

La tercera carta era la más interesante. La firmaba un tal Miquel Aguirre. Aguirre era historiador y, según decía, llevaba varios años estudiando lo ocurrido durante la guerra civil en la comarca de Banyoles. Entre otras cosas, su carta daba cuenta de un hecho que en aquel momento me pareció asombroso: Sánchez Mazas no había sido el único superviviente del fusilamiento del Collell; un hombre llamado Jesús Pascual Aguilar también había escapado con vida. Más aún: al parecer, Pascual había referido el episodio en un libro titulado *Yo fui asesinado por los rojos*. «Me temo que el libro es casi inencontrable», concluía Aguirre, con inconfundible petulancia de erudito. «Pero, si le interesa, yo tengo un ejemplar a su disposición.» Al final de la carta Aguirre había anotado sus señas y un número de teléfono.

Llamé de inmediato a Aguirre. Después de algunos malentendidos, de los que deduje que trabajaba en alguna empresa u organismo público, conseguí hablar con él. Le pregunté si tenía información acerca de los fusilamientos del Collell; me dijo que sí. Le pregunté si seguía en pie la oferta de prestarme el libro de Pascual; me dijo que sí. Le pregunté si le apetecía que comiéramos juntos; me dijo que vivía en Banyoles, pero que cada jueves venía a Gerona para grabar un programa de radio.

—Podemos quedar el jueves —dijo.

Estábamos a viernes y, con el fin de ahorrarme una semana de impaciencia, a punto estuve de proponerle que nos viéramos esa misma tarde, en Banyoles.

—De acuerdo —dije, sin embargo. Y en ese momento recordé a Ferlosio, con su aire inocente de gurú y sus ojos ferozmente alegres, hablando de su padre en la terraza del Bistrot. Pregunté—: ¿Quedamos en el Bistrot?

El Bistrot es un bar del casco antiguo, de aspecto vagamente modernista, con sus mesas de mármol y hierro forjado, sus ventiladores de aspas, sus grandes espejos y sus balcones saturados de flores y abiertos a la escalinata que sube hacia la plaza de Sant Domènech. El jueves, mucho antes de la hora acordada con Aguirre, ya estaba yo sentado a un velador del Bistrot, con una cerveza en la mano; a mi alrededor hervían las conversaciones de los profesores de la Facultad de Letras, que suelen comer allí. Mientras hojeaba una revista pensé que, al citarnos para esa comida, ni a Aguirre ni a mí se nos había ocurrido que, puesto que ninguno de los dos conocía al otro, alguno debía llevar una señal identificatoria, y ya estaba empezando a esforzarme en imaginar cómo sería Aguirre, con la sola ayuda de la voz que una semana atrás había oído al teléfono, cuando se detuvo ante mi mesa un individuo bajo, cuadrado y moreno, con gafas, con una carpeta roja bajo el brazo; una barba de tres días y una perilla de malvado parecían comerle la cara. Por alguna razón yo esperaba que Aguirre fuera un anciano calmoso y profesoral, y no el individuo jovencísimo y de aire resacoso (o quizás excéntrico) que tenía ante mí. Como no decía nada, le pregunté si él era él. Me dijo que sí. Luego me preguntó si yo era yo. Le dije que sí. Nos reímos. Cuando vino la camarera, Aguirre pidió arroz a la cazuela y un entrecot al roquefort; yo pedí una ensalada y conejo. Mientras esperábamos la comida Aguirre me dijo que me había reconocido por la foto de la contraportada de uno de mis libros, que había leído hacía tiempo. Superado el primer espasmo de vanidad, rencorosamente comenté:

—¿Ah, fuiste tú?

—No entiendo.

Me vi obligado a aclarar:

—Era una broma.

Yo estaba deseoso de entrar en materia, pero, porque no quería parecer descortés o demasiado interesado, le pregunté por el programa de radio. Aguirre soltó una risotada nerviosa, que desnudó sus dientes: blancos y desiguales.

—Se supone que es un programa de humor, pero en realidad es una gilipollez. Yo interpreto a un comisario fascista que se llama Antonio Gargallo y que redacta informes sobre los entrevistados. La verdad: creo que me estoy enamorando de él. Naturalmente, de todo esto en el ayuntamiento no saben nada.

—¿Trabajas en el ayuntamiento de Banyoles?

Aguirre asintió, entre avergonzado y pesaroso.

—De secretario del alcalde —dijo—. Otra gilipollez. El alcalde es un amigote, me lo pidió y no supe negarme. Pero en cuanto acabe esta legislatura me largo.

Desde hacía poco tiempo el ayuntamiento de Banyoles estaba en manos de un equipo de gente muy joven, de Esquerra Republicana de Catalunya, el partido nacionalista radical. Aguirre dijo:

—No sé qué opinará usted, pero a mí me parece que un país civilizado es aquel en que uno no tiene necesidad de perder el tiempo con la política.

Acusé el «usted», pero no me descompuse, sino que

me lancé sobre el cable que me tendía Aguirre y lo cogí al vuelo:

—Exactamente lo contrario de lo que pasaba en el 36.

—Ni más ni menos.

Trajeron la ensalada y el arroz. Aguirre señaló la carpeta roja.

—Le he fotocopiado el libro de Pascual.

—¿Conoces bien lo que pasó en el Collell?

—Bien no —dijo—. Fue un episodio confuso.

Mientras engullía grandes bocados de arroz empujados por vasos de tinto, Aguirre me habló, como si considerara indispensable ponerme en antecedentes, de los primeros días de la guerra en la comarca de Banyoles: del fracaso previsible del golpe de Estado, de la revolución consiguiente, del salvajismo sin control de los comités, de la quema masiva de iglesias y la masacre de religiosos.

—Aunque ya no esté de moda, yo sigo siendo anticlerical; pero aquello fue una locura colectiva —apostilló—. Claro que es fácil encontrar las causas que la explican, pero también es fácil encontrar las causas que explican el nazismo... Algunos historiadores nacionalistas insinúan que los que quemaban iglesias y mataban curas eran gente de fuera, inmigrantes y así. Mentira: eran de aquí, y tres años después más de uno recibió a los nacionales dando vivas. Claro que, si preguntas, nadie estaba allí cuando pegaban fuego a las iglesias. Pero eso es otro tema. Lo que me jode son esos nacionalistas que todavía andan por ahí intentando vender la pamema de que esto fue una guerra entre castellanos y catalanes, una película de buenos y malos.

—Creí que eras nacionalista.

Aguirre dejó de comer.

—Yo no soy nacionalista —dijo—. Soy independentista.

—¿Y qué diferencia hay entre las dos cosas?

—El nacionalismo es una ideología —explicó, endure-

30

ciendo un poco la voz, como si le molestara tener que aclarar lo obvio–. Nefasta a mi juicio. El independentismo es sólo una posibilidad. Como es una creencia, y sobre las creencias no se discute, sobre el nacionalismo no se puede discutir; sobre el independentismo sí. A usted le puede parecer razonable o no. A mí me lo parece. No pude soportarlo más.

–Preferiría que me llamases de tú.

–Perdona –dijo: sonrió y continuó comiendo–. A las personas mayores estoy acostumbrado a tratarlas de usted.

Aguirre continuó hablando de la guerra; se detuvo con detalle en sus últimos días, cuando, inoperantes desde hacía meses los ayuntamientos y la Generalitat, reinaba en la comarca un desorden de estampida: carreteras invadidas por interminables caravanas de fugitivos, soldados con uniformes de todas las graduaciones vagando por los campos y entregados a la desesperación y la rapiña, montones ingentes de armas y pertrechos abandonados en las cunetas... Aguirre explicó que en aquel momento había recluidos en el Collell, que desde el principio de la guerra había sido convertido en cárcel, cerca de mil presos, y que todos o casi todos procedían de Barcelona: habían sido trasladados hasta allí, ante el avance imparable de las tropas rebeldes, por tratarse de los más peligrosos o los más implicados con la causa franquista. A diferencia de Ferlosio, Aguirre pensaba que los republicanos sí sabían a quién estaban fusilando, porque los cincuenta que eligieron eran presos muy significados, gente que estaba destinada a desempeñar cargos de relevancia social y política después de la guerra: el jefe provincial de Falange en Barcelona, dirigentes de grupos quintacolumnistas, financieros, abogados, sacerdotes, la mayoría de los cuales había padecido cautiverio en las checas de Barcelona y más tarde en barcos-prisión como el *Argentina* y el *Uruguay*.

Trajeron el entrecot y el conejo y se llevaron los platos (el de Aguirre tan limpio que relucía). Pregunté:

—¿Quién dio la orden?

—¿Qué orden? —preguntó a su vez Aguirre, examinando con avidez su enorme entrecot, con el cuchillo de carnicero y el tenedor en ristre, listo para atacarlo.

—La de fusilarlos.

Aguirre me miró como si por un momento hubiera olvidado que estaba ante él. Se encogió de hombros y aspiró, honda y ruidosamente.

—No lo sé —contestó, espirando mientras cortaba un trozo de carne—. Creo que Pascual insinúa que la dio un tal Monroy, un tipo joven y duro que quizá dirigía la cárcel, porque en Barcelona había dirigido también checas y campos de trabajo, en otros testimonios de la época se habla también de él... En todo caso, si fue Monroy lo más probable es que no actuase por su cuenta, sino obedeciendo órdenes del SIM.

—¿El SIM?

—El Servicio de Información Militar —aclaró Aguirre—. Uno de los pocos organismos del ejército que a esas alturas todavía funcionaba como es debido. —Fugazmente dejó de masticar; luego siguió comiendo mientras hablaba—: Es una hipótesis razonable: el momento era desesperado, y desde luego los del SIM no se andaban con chiquitas. Pero hay otras.

—¿Por ejemplo?

—Líster. Estuvo por allí. Mi padre lo vio.

—¿En el Collell?

—En Sant Miquel de Campmajor, un pueblo que queda muy cerca. Mi padre era entonces un niño y estaba refugiado en una masía del pueblo. Me ha contado muchas veces que un día irrumpieron en la masía un puñado de hombres, entre los que estaba Líster, exigieron que les dieran de comer y de dormir y se pasaron la noche discutiendo en el comedor. Durante mucho tiempo creí que esta historia era un invento de mi padre, sobre todo cuando comprobé que la mayoría de los viejos que estaban vivos entonces decían haber visto a Líster, un personaje casi legendario desde que se puso al mando del Quinto Regimiento; pero con los años he ido atando cabos y he llegado a la conclusión de que quizá sea verdad. Verás –me preparó Aguirre, empapando golosamente un trozo de pan en el charco de salsa en que nadaba el entrecot. Imaginé que se había recuperado de la resaca, y me pregunté si estaba disfrutando más de la comida que de la exhibición de sus conocimientos de guerra–. A Líster acababan de nombrarle coronel a finales de enero del 39. Lo habían puesto al mando del V Cuerpo del Ejército del Ebro, o, mejor dicho, de lo que quedaba del V Cuerpo: un puñado de unidades deshechas que se retiraban sin presentar apenas batalla en dirección a la frontera francesa. Durante varias semanas los hombres de Líster estuvieron por la comarca y es seguro que algunos de ellos se instalaron en el Collell. Pero a lo que iba. ¿Has leído las memorias de Líster?

Dije que no.

–Bueno, no son exactamente unas memorias –continuó Aguirre–. Se titulan *Nuestra guerra,* y están muy bien, aunque dicen una cantidad tremenda de mentiras, como todas las memorias. El caso es que allí cuenta que la noche del 3 al 4 de febrero del 39 (o sea: tres días después del fusilamiento del Collell) se celebró en una masía de un pueblo cercano una reunión del Buró Político del partido comunista, a la que, entre otros jefes y comisarios, asistieron él mismo y Togliatti, que por entonces era delegado de la Internacional Comunista. Si no recuerdo mal, en la reunión se discutió la posibilidad de organizar una última resistencia al enemigo en Cataluña, pero da lo mismo: lo que cuenta es que esa masía bien pudo ser la masía donde estaba refugiado mi padre; por lo menos los protagonistas, las fechas y los lugares coinciden, así que... Insensiblemente, Aguirre se me enredó entonces en una abstrusa digresión filial. Recuerdo que en aquel momento pensé en mi padre, y que el hecho me extrañó, porque hacía mucho tiempo que no pensaba en él; sin saber por qué, sentí un peso en la garganta, como una sombra de culpa.

—¿Entonces fue Líster quien dio la orden de que los fusilaran? —atajé a Aguirre.

—Pudo serlo —dijo, recobrando sin dificultad el hilo perdido, mientras rebañaba su plato—. Pero también pudo no serlo. En *Nuestra guerra* dice que él no fue, ni él ni sus hombres. Qué va a decir. Pero, la verdad, yo le creo: no era su estilo, era un tipo demasiado obsesionado por continuar como fuese una guerra que tenía perdida. Además, la mitad de las cosas que se atribuyen a Líster es pura leyenda, y la otra mitad..., bueno, supongo que la otra mitad es verdad. En fin, quién sabe. Lo que a mí me parece indudable es que quienquiera que dio la orden sabía perfectamente a quién estaba fusilando y, desde luego, quién era Sánchez Mazas. Mmmmm —gimió, rebañando la salsa roquefort con un pedazo de miga—, ¡qué hambre tenía! ¿Quieres un poquito más de vino?

Se llevaron los platos (el mío con restos abundantes de conejo; el de Aguirre tan limpio que relucía). Pidió otro frasco de vino, un pedazo de tarta de chocolate y café; pedí café. Pregunté a Aguirre qué sabía acerca de Sánchez Mazas y de su estancia en el Collell.

—Poco —contestó—. Su nombre aparece un par de veces en la Causa General, pero siempre en relación al juicio que le formaron en Barcelona, cuando le detuvieron al escapar de Madrid. Pascual también cuenta alguna cosa. Que yo sepa, el único que puede saber algo más es Trapiello, Andrés Trapiello. El escritor. Ha editado a Sánchez

Mazas y ha escrito cosas muy buenas sobre él; además, en sus diarios siempre está hablando de la familia de Sánchez Mazas, de manera que debe de estar en contacto con ella. Me suena incluso que en algún libro suyo he leído la historia del fusilamiento... Es una historia que corrió mucho después de la guerra, todo el que conoció por entonces a Sánchez Mazas la cuenta, supongo que porque él se la contaba a todo el mundo. ¿Sabías que mucha gente pensó que era mentira? Y en realidad todavía hay quien lo piensa.

—No me extraña.

—¿Por qué?

—Porque es una historia muy novelesca.

—Todas las guerras están llenas de historias novelescas.

—Sí, pero ¿no te sigue pareciendo increíble que un hombre que ya no era joven, porque tenía cuarenta y cinco años, y que además era miope...?

—Claro. Y que encima estaría en unas condiciones de lástima.

—Exacto. ¿No te parece increíble que un tipo como él consiguiera escapar de una situación así?

—¿Por qué increíble? —La llegada del vino y la tarta de chocolate y los cafés no interrumpió su razonamiento—. Asombroso sí. Pero no increíble. ¡Pero si eso lo contabas muy bien en tu artículo! Recuerda que fue un fusilamiento en masa. Recuerda al soldado que tenía que delatarle y no lo delató. Recuerda, además, que estamos hablando del Collell. ¿Has estado allí alguna vez?

Dije que no, y Aguirre evocó entonces una enorme mole de piedra asediada por bosques espesísimos de pinos y tierra caliza, un territorio montañoso, agreste y muy extenso, sembrado de masías y pueblecitos aislados (El Torn, Sant Miquel de Campmajor, Fares, Sant Ferriol, Mieres) en los que, durante los tres años de guerra, operaron numerosas redes de evasión que, a cambio de dinero (a veces también por amistad o incluso por afinidades políticas), ayudaban a cruzar la frontera a víctimas potenciales de la represión revolucionaria, así como a jóvenes en edad militar que deseaban eludir el reclutamiento forzoso ordenado por la República. Según Aguirre, en la zona abundaban también los emboscados, gente que, porque no podía costearse los gastos de la huida o no acertaba a entrar en contacto con las redes de evasión, permaneció oculta en el bosque durante meses o años.

—De modo que era un lugar ideal para esconderse —arguyó—. A esas alturas de la guerra los campesinos estaban más que acostumbrados a tratar con fugitivos, y a echarles una mano. ¿Te habló Ferlosio de «Los amigos del bosque»?

Mi artículo concluía en el momento en que el miliciano no delataba a Sánchez Mazas; para nada se mencionaba en él a «Los amigos del bosque». Me atraganté con el café.

—¿Conoces la historia? —inquirí.

—Conozco al hijo de uno de ellos.

—No jodas.

—No jodo. Se llama Jaume Figueras, vive aquí al lado. En Cornellà de Terri.

—Ferlosio me dijo que los muchachos que ayudaron a Sánchez Mazas eran de Cornellà de Terri.

Aguirre se encogió de hombros mientras recogía con los dedos las últimas migas del pastel de chocolate.

—Hasta ahí no llego —admitió—. Figueras me contó la historia muy por encima; tampoco me interesaba demasiado. Pero si quieres puedo darte su número de teléfono y le pides a él que te la cuente.

Aguirre acabó de tomarse el café y pagamos. Nos despedimos en la Rambla, frente al puente de Les Peixeteries Velles. Aguirre repitió que me llamaría al día siguiente, para darme el número de teléfono de Figueras y, mientras le estrechaba la mano, advertí que una mancha de chocolate oscurecía las comisuras de sus labios.

—¿Qué piensas hacer con esto? —preguntó.

A punto estuve de decirle que se limpiara los labios.

—¿Con qué? —dije, sin embargo.

—Con la historia de Sánchez Mazas.

Yo no pensaba hacer nada (simplemente sentía curiosidad por ella), así que dije la verdad.

—¿Nada? —Aguirre me miró con sus ojos pequeños, nerviosos, inteligentes—. Creía que estabas pensando escribir una novela.

—Yo ya no escribo novelas —dije—. Además, esto no es una novela, sino una historia real.

—También lo era el artículo —dijo Aguirre—. ¿Te dije que me gustó mucho? Me gustó porque era como un relato concentrado, sólo que con personajes y situaciones reales. Como un relato real.

Al día siguiente Aguirre me llamó y me dio el número de teléfono de Jaume Figueras. Era el número de un móvil. No me contestó Figueras, sino la voz de Figueras, invitándome a grabar un recado; lo grabé: dije mi nombre, mi profesión, que conocía a Aguirre, que estaba interesado en hablar con él acerca de su padre, de Sánchez Mazas y de «Los amigos del bosque»; también le dejé mi teléfono y le pedí que me llamara.

Durante los días que siguieron estuve esperando con impaciencia una llamada de Figueras, que no se produjo. Volví a llamarle yo, volví a dejar otro recado, volví a esperar. Mientras tanto leí *Yo fui asesinado por los rojos,* el libro de Pascual Aguilar. Era un recordatorio truculento de los horrores vividos en la retaguardia republicana, uno más de los muchos que aparecieron en España al término de la guerra, sólo que éste se había publicado en septiembre de 1981. La fecha, me temo, no es casual, pues cabe leer el relato como una suerte de justificación de los golpistas de opereta del 23 de febrero de ese año (Pascual anota varias veces una frase reveladora que José Antonio Primo de Rivera repetía como si fuera suya: «A última hora siempre ha sido un pelotón de soldados el que ha salvado la civilización») y como un aviso de las catástrofes que se avecinaban con el ascenso inminente del partido socialista al poder y el final simbólico de la Transición; el libro, sorprendentemente, es muy bueno. Pascual, a quien ni el tiempo ni los cambios operados en España habían erosionado ni una sola de sus convicciones de camisa vieja falangista, refiere con soltura su peripecia de la guerra, desde el momento en que la sublevación militar le sorprende de vacaciones en un pueblo de Teruel, que cae en zona republicana, hasta pocos días después del fusilamiento del Collell —un hecho al que dedica muchas páginas de encarnizado detallismo, así como a los días que lo precedieron y lo siguieron—, cuando es liberado por el ejército de Franco después de haber llevado durante la guerra una vida mezclada de Pimpinela Escarlata y Enrique de Lagardère, primero como miembro activo y luego como dirigente de un grupo de la quinta columna barcelonesa, y de haber padecido más tarde una temporada de reclusión en la checa de Vallmajor. El libro de Pascual era una edición de autor; en él se menciona varias veces a Sánchez Mazas, con quien Pascual pasó las horas previas al fusilamiento. Siguiendo la sugerencia de Aguirre, leí asimismo a Trapiello, y en uno de sus libros descubrí que él también contaba la historia del fusilamiento de Sánchez Mazas, y casi exactamente en los mismos términos en que yo se la había oído contar a Ferlosio, salvo por el hecho de que, igual que había hecho yo en mi artículo o relato real, él tampoco mencionaba a «Los amigos del bosque». La similitud puntualísima entre el relato de Trapiello y el mío me sorprendió. Pensé que Trapiello se lo habría oído contar al propio Ferlosio (o a alguno de los demás hijos de Sánchez Mazas, o a su mujer) e imaginé que, de tanto contar la historia Sánchez Mazas en su casa, ésta había adquirido para la familia un carácter casi formulario, como esos chistes perfectos de los que no se puede omitir una sola palabra sin aniquilar su gracia.

Conseguí el número de teléfono de Trapiello y le llamé a Madrid. En cuanto le expuse el motivo de mi llamada, estuvo amabilísimo y, aunque según dijo hacía años que no se ocupaba de Sánchez Mazas, se mostró encantado de que alguien se interesara por él, a quien yo sospecho que no consideraba un buen escritor, sino un gran escritor. Conversamos durante más de una hora. Trapiello me aseguró que de lo ocurrido en el Collell no conocía más que la historia que había contado en su libro y confirmó que, sobre todo inmediatamente después de la guerra, la había contado mucha gente.

—En los periódicos de la Barcelona recién ocupada por los franquistas apareció a menudo, y también en los de toda España, porque fue uno de los últimos coletazos de violencia en la retaguardia catalana y había que aprovecharlo propagandísticamente —me explicó Trapiello—. Si no me engaño, Ridruejo menciona el episodio en sus memorias, y también Laín. Y por ahí debo de tener un artículo de Montes donde habla también del asunto... Me imagino que durante una época Sánchez Mazas se lo contó a todo el que se le ponía por delante. Claro que era una historia brutal, pero, en fin, no sé... Supongo que era tan cobarde (y todo el mundo sabía que era tan cobarde) que debió de pensar que ese episodio tremendo le redimía de algún modo de su cobardía.

Le pregunté si había oído hablar de «Los amigos del bosque». Me dijo que sí. Le pregunté quién le había contado la historia que contaba en el libro. Me dijo que Liliana Ferlosio, la mujer de Sánchez Mazas, a la que al parecer había frecuentado mucho antes de su muerte.

—Es curiosísimo —comenté—. Salvo en un detalle, la historia coincide punto por punto con la que a mí me contó Ferlosio, como si, en vez de contarla, los dos la hubieran recitado.

—¿Qué detalle es ése?

—Un detalle sin importancia. En su relato (es decir, en el de Liliana), al ver a Sánchez Mazas el miliciano se encoge de hombros y luego se va. En cambio, en el mío (es decir, en el de Ferlosio), antes de irse el miliciano se queda unos segundos mirándole a los ojos.

Hubo un silencio. Creí que la comunicación se había cortado.

—¿Oiga?

—Tiene gracia —reflexionó Trapiello—. Ahora que lo dice, es verdad. No sé de dónde saqué lo del encogimiento de hombros, debió de parecerme más novelesco, o más barojiano. Porque yo creo que lo que Liliana me contó es que el miliciano le miró antes de marcharse. Sí. Incluso recuerdo que una vez me dijo que, cuando volvió a encontrarse con Sánchez Mazas después de los tres años de separación de la guerra, éste le hablaba a menudo de esos ojos que le miraban. De los ojos del miliciano, quiero decir.

Antes de colgar todavía seguimos hablando un rato de Sánchez Mazas, de su poesía y de sus novelas y artículos, de su carácter imposible, de sus amistades y de su familia («En esa casa todos hablan mal de todos, y todos tienen razón», me dijo Trapiello que decía González-Ruano); como si descontara que yo iba a escribir algo sobre Sánchez Mazas, pero por un escrúpulo de pudor no quisiera preguntarme qué, Trapiello me dio algunos nombres y algunas indicaciones bibliográficas y me invitó a visitar su casa de Madrid, donde guardaba manuscritos y artículos fotocopiados de la prensa y otras cosas de Sánchez Mazas.

A Trapiello no lo visité hasta unos meses más tarde, pero de inmediato me puse a seguir las pistas que me había facilitado. Así descubrí que, en efecto, sobre todo recién acabada la guerra, Sánchez Mazas le había contado la historia de su fusilamiento a todo el que aceptaba escucharla. Eugenio Montes, uno de los amigos más fieles con que contó nunca, escritor como él, como él falangista, lo retrató el 14 de febrero de 1939, justo dos semanas después de los hechos del Collell, «con pelliza de pastor y pantalón agujereado de balazos», llegando «casi resurrecto del otro mundo» después de tres años de clandestinidad y cárceles en la zona republicana. Sánchez Mazas y Montes se habían reencontrado eufóricamente pocos días antes, en Barcelona, en el despacho del que era a la sazón Jefe Nacional de Propaganda de los sublevados, el poeta Dionisio Ridruejo. Muchos años más tarde, en sus memorias, éste todavía recordaba la escena, igual que la recordaba en las suyas, algo después, Pedro Laín Entralgo, por entonces otro joven e ilustrado jerarca falangista. Las descripciones que los dos memorialistas hacen de aquel Sánchez Mazas —a quien Ridruejo conocía un poco, pero a quien Laín, que luego le odiaría a muerte, no había visto nunca— son llamativamente coincidentes, como si les hubiese impresionado tanto que la memoria hubiera congelado su imagen en una instantánea común (o como si Laín hubiera copiado a Ridruejo; o como si los dos hubieran copiado a una misma fuente): también para ellos tiene un aire resurrecto, flaco, nervioso y desconcertado, con el pelo cortado al rape y la nariz corvina monopolizando su rostro famélico; los dos recuerdan también que Sánchez Mazas contó en aquel mismo despacho la historia de su fusilamiento, pero quizá Ridruejo no le concedió demasiado crédito (y por eso menciona los «detalles un poco novelescos» con que aliñó para ellos el relato), y sólo Laín no ha olvidado que vestía una «tosca zamarra parda».

Porque, según averigüé por azar y, después de algunos trámites inusitadamente ágiles, pude comprobar sentado en un cubículo del archivo de la Filmoteca de Cataluña, con esa misma tosca zamarra parda y ese mismo aire resurrecto –flaco y con el pelo al rape– Sánchez Mazas también contó ante una cámara la historia de su fusilamiento, sin duda por las mismas fechas de febrero del 39 en que se lo contó, en el despacho de Ridruejo en Barcelona, a sus camaradas falangistas. La filmación –una de las pocas que se conservan de Sánchez Mazas– apareció en uno de los primeros noticiarios de posguerra, entre imágenes marciales del Generalísimo Franco pasando revista a la Armada en Tarragona e imágenes idílicas de Carmencita Franco jugando en los jardines de su residencia de Burgos con un cachorro de león, regalo de Auxilio Social. Durante todo el relato Sánchez Mazas permanece de pie y sin gafas, la mirada un poco perdida; habla, sin embargo, con un aplomo de hombre acostumbrado a hacerlo en público, con el gusto de quien disfruta escuchándose, en un tono extrañamente irónico en el inicio –cuando alude a su fusilamiento– y previsiblemente exaltado en la conclusión –cuando alude al final de su odisea–, siempre un tanto campanudo, pero sus palabras son tan precisas y los silencios que las pautan tan medidos que él también da a ratos la impresión de que, en vez de contar la historia, la está recitando, como un actor que interpreta su papel en un escenario; por lo demás, esa historia no difiere en lo esencial de la que me refirió su hijo, así que mientras le escuchaba contarla, sentado en un taburete frente a un aparato de vídeo, en el cubículo de la Filmoteca, no pude evitar un estremecimiento indefinible, porque supe que estaba escuchando una de las primeras versiones, todavía tosca y sin pulimentar, de la misma historia que casi sesenta años más tarde había de contarme Ferlosio, y tuve la certidumbre sin fisuras de que lo que Sánchez Mazas le había contado a su hijo (y lo que éste me contó a mí) no era lo que recordaba que ocurrió, sino lo que recordaba haber contado otras veces. Añadiré que no me sorprendió en absoluto que ni Montes ni Ridruejo ni Laín (suponiendo que llegaran a saber de su existencia), ni por supuesto el propio Sánchez Mazas en aquel noticiario dirigido a una masa numerosa y anónima de espectadores aliviados por el fin reciente de la guerra, mencionaran el gesto de aquel soldado sin nombre que tenía orden de matarle y no le mató; el hecho se explica sin necesidad de atribuirle olvido o ingratitud a nadie: basta recordar que por entonces la doctrina de guerra de la España de Franco, como todas las doctrinas de todas las guerras, dictaba que ningún enemigo había salvado nunca una vida: estaban demasiado ocupados quitándolas. Y en cuanto a «Los amigos del bosque»...

Pasaron todavía algunos meses antes de que consiguiera hablar con Jaume Figueras. Después de haber grabado varios mensajes en su teléfono móvil y de no haber obtenido respuesta a ninguno de ellos, yo ya casi había descartado la posibilidad de que se pusiera en contacto conmigo, y alternativamente conjeturaba que Figueras era sólo una figura de la nerviosa inventiva de Aguirre, o que simplemente, por motivos que ignoraba pero que no era difícil imaginar, a Figueras no le apetecía rememorar para nadie la aventura de guerra de su padre. Es curioso (o por lo menos me parece curioso ahora): desde que el relato de Ferlosio despertara mi curiosidad nunca se me había ocurrido que alguno de los protagonistas de la historia pudiera estar todavía vivo, como si el hecho no hubiera ocurrido apenas sesenta años atrás, sino que fuera tan remoto como la batalla de Salamina.

Un día me encontré por casualidad con Aguirre. Fue en un restaurante mexicano adonde yo había ido a entrevistar a un vomitivo novelista madrileño que estaba promocionando en la ciudad su última flatulencia, cuyo argumento transcurría en México; Aguirre estaba con un grupo de gente, supongo que celebrando algo, porque todavía recuerdo sus risotadas de júbilo y su aliento de tequila abofeteándome la cara. Se acercó y, acariciándose con nerviosismo su perilla de malvado, me preguntó a bocajarro si estaba escribiendo (lo que quería decir que si estaba escribiendo un libro: como para casi todo el mundo, para Aguirre escribir en el periódico no es escribir); un poco molesto, porque nada irrita tanto a un escritor que no escribe como que le pregunten por lo que está escribiendo, le dije que no. Me preguntó qué se había hecho de Sánchez Mazas y de mi relato real; más molesto todavía, le dije que nada. Entonces me preguntó si había hablado con Figueras. Yo también debía de estar un poco borracho, o quizás es que el vomitivo novelista madrileño ya había conseguido sacarme de mis casillas, porque contesté que no, furiosamente añadí:

—Si es que existe.

—Si es que existe quién.

—¿Quién va a ser? Figueras.

El comentario le borró la sonrisa de los labios; dejó de acariciarse la perilla.

—No seas idiota —dijo, enfocándome con sus ojos atónitos, y sentí unas ganas tremendas de pegarle un guantazo, o a lo mejor a quien de verdad quería pegar era al novelista de Madrid—. Claro que existe.

Me contuve.

—Entonces es que no quiere hablar conmigo.

Casi compungido, excusándose casi, Aguirre explicó que Figueras era constructor o contratista de obras (o algo así), y que además era concejal de urbanismo de Cornellà de Terri (o algo así), que era en todo caso una persona muy ocupada y que eso explicaba sin duda que no hubiera atendido a mis recados; luego prometió que hablaría con él. Cuando regresé a mi asiento me sentía fatal: con toda mi alma odié al novelista madrileño, que seguía perorando.

Tres días más tarde me llamó Figueras. Se disculpó por no haberlo hecho antes (su voz sonaba lenta y remota al teléfono, como si el propietario fuera un hombre muy mayor, quizás enfermo), me habló de Aguirre, me preguntó si aún quería hablar con él. Dije que sí; pero concertar una cita no fue fácil. Finalmente, después de repasar todos los días de la semana, quedamos para la semana siguiente; y después de repasar todos los bares de la ciudad (empezando por el Bistrot, que Figueras no conocía), quedamos en el Núria, en la plaza Poeta Marquina, muy cerca de la estación.

Allí estaba yo una semana después, casi con un cuarto de hora de adelanto sobre la hora convenida. Me acuerdo muy bien de esa tarde porque al día siguiente me marchaba de vacaciones a Cancún con una novia que me había echado tiempo atrás (la tercera desde mi separación: la primera fue una compañera del periódico; la segunda, una chica que trabajaba en un Pan's and Company). Se llamaba Conchi y su único trabajo conocido era el de pitonisa en la televisión local: su nombre artístico era Jasmine. Conchi me intimidaba un poco, pero sospecho que a mí siempre me han gustado las mujeres que me intimidan un poco, y desde luego procuraba que ningún conocido me sorprendiera con ella, no tanto porque me diera vergüenza que me vieran saliendo con una conocida pitonisa, cuanto por su aspecto un tanto llamativo (pelo oxigenado, minifalda de cuero, tops ceñidos y zapatos de aguja); y también porque, para qué mentir, Conchi era un poco especial. Recuerdo el primer día que la llevé a mi casa. Mientras yo forcejeaba con la cerradura del portal dijo:

—Menuda mierda de ciudad.

45

Le pregunté por qué.

—Mira —dijo y, con un mueca de asco infinito, señaló una placa que anunciaba: «Avinguda Lluís Pericot. Prehistoriador»—. Podían haberle puesto a la calle el nombre de alguien que por lo menos hubiera terminado la carrera, ¿no?

A Conchi le encantaba estar saliendo con un periodista (un intelectual, decía ella) y, aunque tengo la seguridad de que nunca acabó de leer ninguno de mis artículos (o sólo alguno muy corto), siempre fingía leerlos y, en el lugar de honor del salón de su casa, escoltando a una imagen de la Virgen de Guadalupe encaramada en una peana, tenía un ejemplar de cada uno de mis libros primorosamente encuadernado en plástico transparente. «Es mi novio», me la imaginaba diciéndoles a sus amigas semianalfabetas, sintiéndose muy superior a ellas, cada vez que alguna ponía los pies en su casa. Cuando la conocí, Conchi acababa de separarse de un ecuatoriano llamado Dosa-Dos González, cuyo nombre de pila, al parecer, se lo había puesto su padre en recuerdo de un partido de fútbol en que su equipo de toda la vida ganó por primera y última vez la liga de su país. Para olvidar a Dos-a-Dos —a quien había conocido en un gimnasio, haciendo culturismo, y a quien en los buenos momentos llamaba cariñosamente Empate y, en los malos, Cerebro, Cerebro González, porque no lo consideraba muy inteligente—, Conchi se había mudado a Quart, un pueblo cercano donde había alquilado por muy poco dinero un caserón destartalado, casi en medio del bosque. De forma sutil pero constante, yo insistía en que volviera a vivir en la ciudad; mi insistencia se apoyaba en dos argumentos: uno explícito y otro implícito, uno público y otro secreto. El público decía que esa casa aislada era un peligro para ella, pero el día en que dos individuos intentaron asaltarla y Conchi, que para su desgracia se hallaba dentro, acabó persiguiéndolos a pedradas por el bosque, tuve que admitir que esa casa era un peligro para todo aquel que intentara asaltarla. El argumento secreto decía que, puesto que yo no tenía el carnet de conducir, cada vez que fuéramos de mi casa a casa de Conchi o de casa de Conchi a mi casa, tendríamos que hacerlo en el Volkswagen de Conchi, un cacharro tan antiguo que bien hubiera podido merecer la atención del prehistoriador Pericot y que Conchi conducía siempre como si todavía estuviera a tiempo de evitar un asalto inminente a su casa, y como si todos los coches que circulaban a nuestro alrededor estuvieran ocupados por un ejército de delincuentes. Por todo ello, cualquier desplazamiento en coche con mi amiga, a quien por lo demás le encantaba conducir, entrañaba un riesgo que yo sólo estaba dispuesto a correr en circunstancias muy excepcionales; éstas debieron de darse a menudo, por lo menos al principio, porque por entonces me jugué muchas veces el pellejo yendo en su Volkswagen de su casa a mi casa y de mi casa a su casa. Por lo demás, y aunque me temo que no estaba muy dispuesto a reconocerlo, yo creo que Conchi me gustaba mucho (más en todo caso que la compañera del periódico y que la chica del Pan's and Company; menos, quizá, que mi antigua mujer); tanto, en todo caso, que, para celebrar que llevábamos ya nueve meses saliendo juntos, me dejé convencer de que pasáramos juntos dos semanas en Cancún, un lugar que yo imaginaba verdaderamente espantoso, pero que (esperaba) el agrado de estar junto a Conchi y su despampanante alegría volverían por lo menos soportable.

Así que la tarde en que por fin conseguí una cita con Figueras yo ya tenía las maletas hechas y el corazón impaciente por emprender un viaje que a ratos (pero sólo a ratos) juzgaba temerario.

Me senté a una mesa del Núria, pedí un gin-tonic y esperé. Aún no eran las ocho de la tarde; frente a mí, al

47

otro lado de las paredes de cristal, la terraza estaba llena de gente y más allá cruzaban de vez en cuando convoyes de viajeros por el paso elevado del tren. A mi izquierda, en el parque, niños acompañados de sus madres jugaban en los columpios, bajo la sombra declinante de los plátanos. Recuerdo que pensé en Conchi, que no hacía mucho me había sorprendido diciéndome que no pensaba morirse sin tener un hijo, y luego en mi antigua mujer, que muchos años atrás había rechazado juiciosamente mi propuesta de tener un hijo. Pensé que, si la declaración de Conchi era también una insinuación (y ahora creí comprender que lo era), entonces el viaje a Cancún era un error por partida doble, porque yo ya no tenía ninguna intención de tener un hijo; tenerlo con Conchi me pareció una ocurrencia chusca. Por algún motivo volví a pensar en mi padre, volví a sentirme culpable. «Dentro de poco», me sorprendí pensando, «cuando ya ni siquiera yo me acuerde de él, estará del todo muerto.» En ese momento, mientras veía entrar en el bar a un hombre de unos sesenta años, que imaginé que podía ser Figueras, me maldije por haber concertado en pocos meses dos citas con dos desconocidos sin haber acordado previamente una señal identificatoria, me levanté, le pregunté si era Jaume Figueras; me dijo que no. Volví a mi mesa: casi eran las ocho y media. Con la vista busqué por el bar a un hombre solo; luego salí a la terraza, también en vano. Me pregunté si Figueras habría estado todo ese tiempo en el bar, cerca de mí y, harto de esperar, se habría marchado: me contesté que eso era imposible. No llevaba conmigo el número de su móvil, así que, decidiendo que por algún motivo Figueras se había retrasado y estaba al llegar, opté por esperar. Pedí otro gin-tonic y me senté en la terraza. Nerviosamente miraba a un lado y a otro; mientras lo hacía, aparecieron dos gitanos jóvenes —un hombre y una mujer—, con un teclado eléctrico, un micrófono y un alta-

48

voz, y se pusieron a tocar frente a la clientela. El hombre tocaba y la mujer cantaba. Tocaban, sobre todo, pasodobles: lo recuerdo muy bien porque ⟨ Conchi le gustaban tanto los pasodobles que había intentado sin éxito que me inscribiera en un cursillo para aprender a bailarlos, y sobre todo porque fue la primera vez en mi vida que oí la letra de *Suspiros de España,* un pasodoble famosísimo del que yo ni siquiera sabía que tenía una letra:⟩

> Quiso Dios, con su poder,
> fundir cuatro rayitos de sol
> y hacer con ellos una mujer,
> y al cumplir su voluntad
> en un jardín de España nací
> como la flor en el rosal.
> Tierra gloriosa de mi querer,
> tierra bendita de perfume y pasión,
> España, en toda flor a tus pies
> suspira un corazón.
> Ay de mi pena mortal,
> porque me alejo, España, de ti,
> porque me arrancan de mi rosal.

Oyendo tocar y cantar a los gitanos pensé que ésa era la canción más triste del mundo; también, casi en secreto⟨ que no me disgustaría bailarla algún día.⟩ Cuando acabó la actuación, eché veinte duros en el sombrero de la gitana y, mientras la gente abandonaba la terraza, acabé de beberme mi gin-tonic y me fui.

Al llegar a casa tenía en el contestador automático un recado de Figueras. Me pedía disculpas porque un imprevisto de última hora le había impedido acudir a la cita; me pedía que le llamase. Le llamé. Volvió a pedirme disculpas, volvió a sugerir una cita.

—Tengo una cosa para usted —añadió.

—¿Qué cosa?

—Se la daré cuando nos veamos.

Le dije que al día siguiente me iba de viaje (me dio vergüenza decirle que iba a Cancún) y que no regresaba hasta al cabo de dos semanas. Concertamos una cita en el Núria para dos semanas más tarde y, después de acometer el ejercicio idiota de describirnos someramente para el otro, nos despedimos.

Lo de Cancún fue inenarrable. Conchi, que había sido la organizadora del viaje, me había ocultado que, salvo un par de excursiones por la península del Yucatán y muchas tardes de compras por el centro de la ciudad, todo él consistía en pasar dos semanas encerrados en un hotel en compañía de una pandilla de catalanes, andaluces y norteamericanos gobernados a golpe de silbato por una guía turística y dos monitores que ignoraban la noción de reposo y que, además, no hablaban una sola palabra de castellano; mentiría si no reconociera que hacía muchos años que no era tan feliz. Añadiré que, por extraño que parezca, yo creo que sin esa estancia en Cancún (o en un hotel de Cancún) nunca me hubiera decidido a escribir un libro sobre Sánchez Mazas, porque durante esos días tuve tiempo de poner en orden mis ideas acerca de él y de comprender que el personaje y su historia se habían convertido con el tiempo en una de esas obsesiones que constituyen el combustible indispensable de la escritura. Sentado en el balcón de mi habitación con un mojito en la mano, mientras veía cómo Conchi y su pandilla de catalanes, andaluces y norteamericanos eran perseguidos sin clemencia, a lo largo y a lo ancho de las instalaciones del hotel, por la vesania deportiva de los monitores («¡Now swimming-pool!»), yo no dejaba de pensar en Sánchez Mazas. Pronto llegué a una conclusión: cuantas más cosas sabía de él, menos lo entendía; cuanto menos lo entendía, más me intrigaba; cuanto más me intrigaba, más cosas quería saber de él. Yo había sabido –pero no lo entendía y me intrigaba– que aquel hombre culto, refinado, melancólico y conservador, huérfano de coraje físico y alérgico a la violencia, sin duda porque se sabía incapaz de practicarla, durante los años veinte y treinta había trabajado como casi nadie para que su país se sumergiera en una salvaje orgía de sangre. No sé quién dijo que, gane quien gane las guerras, las pierden siempre los poetas; sé que poco antes de mis vacaciones en Cancún yo había leído que, el 29 de octubre de 1933, en el primer acto público de Falange Española, en el Teatro de la Comedia de Madrid, José Antonio Primo de Rivera, que siempre andaba rodeado de poetas, había dicho que «a los pueblos no los han movido nunca más que los poetas». La primera afirmación es una estupidez; la segunda no: es verdad que las guerras se hacen por dinero, que es poder, pero los jóvenes parten al frente y matan y se hacen matar por palabras, que son poesía, y por eso son los poetas los que siempre ganan las guerras, y por eso Sánchez Mazas, que estuvo siempre al lado de José Antonio y desde ese lugar de privilegio supo urdir una violenta poesía patriótica de sacrificio y yugos y flechas y gritos de rigor que inflamó la imaginación de centenares de miles de jóvenes y acabó mandándolos al matadero, es más responsable de la victoria de las armas franquistas que todas las ineptas maniobras militares de aquel general decimonónico que fue Francisco Franco. Yo había sabido –pero no había entendido y me intrigaba– que, al terminar la guerra que había contribuido como casi nadie a encender, Franco nombró a Sánchez Mazas ministro del primer gobierno de la Victoria, pero al cabo de muy poco tiempo le destituyó porque, según se contaba, ni siquiera asistía a las reuniones del consejo, y a partir de aquel momento abandonó casi por completo la política activa y, como si se sintiera satisfecho del régimen de pesadumbre que había ayudado a implantar en España y considerara que su trabajo había concluido, consagró sus últimos veinte años de vida a escribir, a dilapidar la herencia familiar y a entretener sus dilatados ocios con aficiones un poco extravagantes. Me intrigaba esa época final de retiro y displicencia, pero sobre todo los tres años de guerra, con su peripecia inextricable, su asombroso fusilamiento, su miliciano salvador y sus amigos del bosque, y un atardecer de Cancún (o del hotel de Cancún), mientras mataba el tiempo en el bar esperando la hora de la cena, decidí que, después de casi diez años sin escribir un libro, había llegado el momento de intentarlo de nuevo, y decidí también que el libro que iba a escribir no sería una novela, sino sólo un relato real, un relato cosido a la realidad, amasado con hechos y personajes reales, un relato que estaría centrado en el fusilamiento de Sánchez Mazas y en las circunstancias que lo precedieron y lo siguieron)

De regreso de Cancún, la tarde acordada con Figueras me presenté en el Núria, como siempre antes de tiempo, pero aún no había pedido mi gin-tonic cuando me abordó un hombre macizo y cargado de hombros, de unos cincuenta y pico años, de pelo ensortijado, de ojos profundos y azules, de modesta sonrisa rural. Era Jaume Figueras. Sin duda porque yo esperaba a un hombre mucho mayor (como me había ocurrido con Aguirre), pensé: «El teléfono envejece». Pidió un café; pedí un gin-tonic. Figueras se disculpó por no haber comparecido a la cita anterior y por no disponer tampoco de mucho tiempo en ésta. Aseguró que en aquella época del año el trabajo se le acumulaba y que, como además había puesto en venta Can Pigem, la casa familiar de Cornellà de Terri, estaba muy ocupado ordenando los papeles de su padre, muerto diez años atrás. En este punto a Figueras se le quebró la voz; con un destello de humedad brillándole en los ojos, tragó saliva, sonrió como disculpándose de

52

nuevo. El camarero alivió con su café y su gin-tonic la incomodidad del silencio. Figueras bebió un sorbo de café.

—¿Es verdad que va usted a escribir sobre mi padre y sobre Sánchez Mazas? —me espetó.

—¿Quién le ha dicho eso?

—Miquel Aguirre.

«Un relato real», pensé, pero no lo dije. «Eso es lo que voy a escribir.» También pensé que Figueras pensaba que, si alguien escribía acerca de su padre, su padre no estaría del todo muerto. Figueras insistió.

—Puede ser —mentí—. Todavía no lo sé. ¿Le hablaba su padre a menudo de su encuentro con Sánchez Mazas?

Figueras dijo que sí. Reconoció, sin embargo, que no tenía más que un conocimiento muy vago de los hechos.

—Entiéndalo —se disculpó otra vez—. Para mí era sólo una historia familiar. Se la oí contar tantas veces a mi padre... En casa, en el bar, solo con nosotros o rodeado de gente del pueblo, porque en Can Pigem tuvimos durante años un bar. En fin. Yo creo que nunca le hice mucho caso. Y ahora me arrepiento.

Lo que Figueras sabía era que su padre había hecho toda la guerra con la República, y que cuando volvió a casa, hacia el final, se había encontrado allí con su hermano menor, Joaquim, y con un amigo de éste, llamado Daniel Angelats, que acababan de desertar de las filas republicanas. También sabía que, dado que ninguno de los tres soldados quería partir al exilio con el ejército derrotado, decidieron aguardar la llegada inminente de los franquistas escondidos en un bosque cercano, y que un día vieron acercarse a un hombre medio ciego tanteando entre las breñas. Lo retuvieron a punta de pistola; le obligaron a identificarse: el hombre dijo que se llamaba Rafael Sánchez Mazas y que era el falangista más antiguo de España.

—Mi padre supo de inmediato quién era —dijo Jaume Figueras—. Era una persona muy leída, había visto fotos de Sánchez Mazas en los periódicos y había leído sus artículos. O por lo menos eso era lo que él decía siempre. No sé si será verdad.

—Puede serlo —concedí—. ¿Y qué pasó luego?

—Estuvieron unos días refugiados en el bosque —prosiguió Figueras, después de beberse de un trago el resto del café—. Los cuatro. Hasta que llegaron los nacionales.

—¿No le contó su padre de qué habló con Sánchez Mazas durante los días que pasaron en el bosque?

—Supongo que sí —contestó Figueras—. Pero no lo recuerdo. Ya le he dicho que yo no prestaba mucha atención a esas cosas. Lo único que recuerdo es que Sánchez Mazas les contó lo de su fusilamiento en el Collell. Conoce la historia, ¿verdad?

Asentí.

—También les contó muchas otras cosas, eso es seguro —prosiguió Figueras—. Mi padre siempre decía que durante esos días Sánchez Mazas y él se hicieron muy amigos.

Figueras sabía que, al terminar la guerra, su padre había estado preso en la cárcel, y que su familia le rogó muchas veces en vano que escribiera a Sánchez Mazas, que por entonces era ministro, para que intercediera por él. Y sabía también que, una vez que su padre hubo salido de la cárcel, llegó a sus oídos que alguien de su mismo pueblo o de algún pueblo vecino, sabedor de la amistad que los unía, había escrito a Sánchez Mazas una carta en la que, haciéndose pasar por uno de los amigos del bosque, solicitaba un favor de dinero en pago de la deuda de guerra que había contraído con ellos, y que su padre había escrito a Sánchez Mazas denunciando la suplantación.

—¿Le contestó Sánchez Mazas?

—Me suena que sí, pero no estoy seguro. De momento entre los papeles de mi padre no he encontrado ninguna carta suya, y me extrañaría que las hubiera tirado, era un hombre muy cuidadoso, lo conservaba todo. No sé, a lo mejor se traspapeló, o a lo mejor aparece un día de estos. —Figueras metió la mano en el bolsillo de su camisa: parsimoniosamente—. Lo que sí encontré fue esto.

Me alargó una libretita vieja, de tapas de hule ennegrecido, que alguna vez fue verde. La hojeé. La mayor parte estaba en blanco, pero varias hojas del principio y el final estaban garabateadas a lápiz, con una letra rápida, no del todo ilegible, que apenas resaltaba contra el crema sucio y cuadriculado del papel; el primer vistazo delataba también que varias de sus hojas habían sido arrancadas.

—¿Qué es esto? —pregunté.

—El diario que llevó Sánchez Mazas mientras anduvo huido por el bosque —contestó Figueras—. O eso es lo que parece. Quédese con él; pero no me lo pierda, es como un recuerdo de la familia, mi padre le tenía mucho aprecio. —Consultó su reloj de pulsera, hizo chasquear la lengua, dijo—: Bueno, ahora tengo que marcharme. Pero llámeme otro día.

Mientras se levantaba apoyando en la mesa sus dedos gruesos y encallecidos, añadió:

—Si quiere puedo enseñarle el lugar del bosque donde estuvieron escondidos, el Mas de la Casa Nova; ya no es más que una masía medio en ruinas, pero si va a contar esta historia seguro que le gustará verla. Claro que si no piensa contarla...

—Todavía no sé lo que haré —volví a mentir, acariciando las tapas de hule de la libreta, que me ardía en las manos como un tesoro. Con el fin de espolear el recuerdo de Figueras, sinceramente añadí—: Pero, la verdad, creí que usted me contaría más cosas.

—Le he contado todo lo que sé —se disculpó por enésima vez, pero ahora me pareció que un matiz de astucia o recelo asomaba a la superficie lacustre de sus ojos azules–. De todas maneras, si de verdad se propone escribir sobre mi padre y Sánchez Mazas, con quien tiene que hablar es con mi tío. Él sí que conoce todos los detalles.

–¿Qué tío?

–Mi tío Joaquim. –Aclaró–: El hermano de mi padre. Otro de los amigos del bosque.

Incrédulo, como si acabaran de anunciarme la resurrección de un soldado de Salamina, pregunté:

–¿Está vivo?

–¡Ya lo creo! –se rió con desgana Figueras, y un ademán artificial de sus manos me hizo pensar que sólo fingía sorprenderse de mi sorpresa–. ¿No se lo había dicho? Vive en Medinyà, pero pasa mucho tiempo en la playa de Montgó, y también en Oslo, porque su hijo trabaja allí, en la OMS. Ahora no creo que le encuentre, pero en septiembre seguro que estará encantado de hablar con usted. ¿Quiere que se lo proponga?

Un poco aturdido por la noticia, dije que por supuesto que sí.

–De paso intentaré averiguar el paradero de Angelats –dijo Figueras sin ocultar su satisfacción–. Antes vivía en Banyoles, y a lo mejor todavía está vivo. Quien seguro que lo está es Maria Ferré.

–¿Quién es Maria Ferré?

Figueras reprimió visiblemente el impulso de desbrozar una explicación.

–Ya se lo contaré otro rato –dijo después de consultar de nuevo el reloj; me estrechó la mano–. Ahora tengo que irme. Le llamaré en cuanto le consiga una cita con mi tío; él se lo contará todo con pelos y señales, ya verá, tiene muy buena memoria. Mientras tanto, eche un vistazo a la libreta, creo que le interesará.

Le vi pagar, salir del Núria, meterse en un todoterreno polvoriento y mal aparcado frente a la entrada del bar y marcharse. Acaricié la libreta, pero no la abrí. Acabé de beberme el gin-tonic y, mientras me levantaba para irme, vi cruzar un Talgo por el paso elevado, más allá de la terraza llena de gente, y me acordé de los gitanos que dos semanas atrás tocaban pasodobles en la luz fatigada de un atardecer como ése y, al llegar a casa y ponerme a examinar con calma la libreta que me había confiado Figueras, aún no se me había desenredado de la memoria la melodía tristísima de *Suspiros de España*.

Pasé la noche dándole vueltas a la libreta. Ésta contenía en su parte delantera, después de unas hojas arrancadas, un pequeño diario escrito a lápiz. Esforzándome por descifrar la letra, leí:

«... instalado casa bosque - Comida - Dormir pajar - Paso soldados.

3- Casa bosque - Conversación viejo - No se atreve a tenerme en casa - Bosque - Fabricación refugio.

4- Caída de Gerona - Conversación junto al fuego con los fugitivos - El viejo me trata mejor que la señora.

5- Día de espera - Continúo refugio - Cañones.

6- Encuentro en el bosque con los tres muchachos - Noche - Vigilancia [*palabra ilegible*] al refugio - Voladura de puentes - Los rojos se van.

7- Encuentro de mañana con los tres muchachos - Almuerzo medianamente de la cocina de los amigos.»

El diario se detiene ahí. Al final de la libreta, después de otras hojas arrancadas, escritos con una letra distinta, pero también a lápiz, figuran los nombres de los tres muchachos, de los amigos del bosque:

Pedro Figueras Bahí
Joaquín Figueras Bahí
Daniel Angelats Dilmé

Y más abajo:

Casa Pigem de Cornellà
(enfrente de la estación)

Más abajo aún viene la firma, a tinta —no a lápiz, como lo escrito en el resto de la libreta— de los dos hermanos Figueras, y en la página siguiente se lee:

Palol de Rebardit
Casa Borrell
Familia Ferré

En otra página, también a lápiz y con la misma letra del diario, sólo que mucho más clara, figura el texto más extenso de la libreta. Dice así:

«El que suscribe, Rafael Sánchez Mazas, fundador de la Falange Española, consejero nacional, ex presidente de la Junta Política y a la sazón el falangista más antiguo de España y el de mayor jerarquía de la zona roja, declaro:

»1º que el día 30 de enero de 1939 fui fusilado en la prisión del Collell con otros 48 infelices prisioneros y escapé milagrosamente después de las dos primeras descargas, internándome en el bosque—

»2º que después de una marcha de tres días por el bosque, caminando de noche y pidiendo limosna en las masías, llegué a las proximidades de Palol de Rebardit, donde caí en una acequia perdiendo mis gafas, con lo cual me quedaba medio ciego...»

Aquí falta una hoja, que ha sido arrancada. Pero el texto sigue:

Instalado en casa bosque
Comida - Dormir papada
por soldados.

3- Día bosque - Conversación
viejo - no se atreve a tener
me en casa - Bosque -
fabricación del refugio

4- Caída de Germán - Con-
versación junto al tugo
con los fugitivos - el
viejo me trata mejor -
por señora

5- Día de Espera - tunti
mo refugio - Camiones

6- Encuentro en el
bosque con ome dos
del ......
......
valencia de pidaste
los voy a se van

«... proximidad de la línea de fuego me tuvieron oculto en su casa hasta que llegaron las tropas nacionales −

»4º que a pesar de la generosa oposición de los habitantes del mas Borrell quiero por medio de este documento ratificarles mi promesa de corresponderles con una fuerte recompensa metálica, proponer al propietario [aquí hay un espacio en blanco] para una distinción honorífica si así lo acepta el mando militar y testimoniarle mi gratitud inmensa a él y a los suyos durante toda mi vida, que todo ello será bien poco en comparación con lo que por mí ha hecho.

»Firmo el presente documento en el mas Casanova de un Pla cerca de Cornellà de Terri a 1...»

Hasta aquí, el texto de la libreta. Lo releí varias veces, tratando de dotar de un sentido coherente a aquellas anotaciones dispersas, y de ensamblarlas con los hechos que yo conocía. Para empezar, descarté la sospecha, que insidiosamente me asaltó mientras leía, de que la libreta fuera un fraude, una falsificación urdida por los Figueras para engañarme, o para engañar a alguien: en aquel momento me pareció que carecía de sentido imaginar a una modesta familia campesina tramando una estafa tan sofisticada. Tan sofisticada y, sobre todo, tan absurda. Porque, en vida de Sánchez Mazas, cuando podía ser un escudo de derrotados contra las represalias de los vencedores, el documento era fácilmente autentificable y, una vez muerto, carecía de valor. Sin embargo, pensé que de todas formas era conveniente cerciorarse de que la letra de la libreta (o una de las letras de la libreta, porque había varias) y la de Sánchez Mazas eran la misma. De ser así (y nada autorizaba a suponer que no lo fuera), Sánchez Mazas era el autor del pequeño diario, sin duda escrito durante los días en que anduvo errante por el bosque, o a lo sumo muy poco después. A juzgar por el último texto de la libreta,

Sánchez Mazas sabía que la fecha de su fusilamiento había sido el 30 de enero del 39; por otra parte, la numeración que precedía a cada entradilla del diario correspondía al número de día del mes de febrero del mismo año (los nacionales habían entrado en efecto en Gerona el 4 de febrero). Del texto del diario deduje que, antes de acogerse a la protección del grupo de los hermanos Figueras, Sánchez Mazas había hallado un refugio más o menos seguro en una casa de la zona, y que esa casa no podía ser otra que la casa o mas Borrell, a cuyos habitantes daba las gracias y prometía «una fuerte recompensa metálica» y «una distinción honorífica» en la extensa declaración final, y deduje también que esa casa o mas sólo podía estar en Palol de Rebardit —un municipio limítrofe del de Cornellà de Terri— y que sus habitantes sólo podían ser miembros de la familia Ferré, a la que por lo demás pertenecería con seguridad la Maria Ferré que, según me había anunciado Jaume Figueras en el final precipitado de nuestra entrevista en el Núria, todavía estaba viva. Todo lo anterior parecía evidente, igual que, una vez se ha dado con ella, parece evidente la correcta ubicación de las piezas de un puzzle. En cuanto a la declaración final, redactada en el Mas de la ·Casa Nova, el lugar del bosque donde los cuatro fugitivos habían permanecido ocultos —y sin duda cuando ya se sabían a salvo—, también parecía evidente que se trataba de un modo de formalizar la deuda que Sánchez Mazas tenía con quienes le habían salvado la vida, así como de un salvoconducto que podía permitirles cruzar las incertidumbres de la inmediata posguerra sin necesidad de padecer todos y cada uno de los ultrajes que ella reservaba a la mayoría de quienes, como los hermanos Figueras y Angelats, habían engrosado las filas del ejército republicano. Me extrañó, no obstante, que uno de los fragmentos arrancados de la libreta fuera precisamente el fragmento de la declaración en el que, según todo parecía indicar, Sánchez Mazas agradecía la ayuda de los hermanos Figueras y de Angelats. Me pregunté quién había arrancado esa hoja. Y para qué. Me pregunté quién y para qué había arrancado las primeras hojas del diario. Como una pregunta lleva a otra pregunta, me pregunté también –pero esto en realidad ya llevaba mucho tiempo preguntándomelo– qué ocurrió en realidad durante aquellos días en que Sánchez Mazas anduvo vagando sin rumbo por tierra de nadie. Qué pensó, qué sintió, qué les contó a los Ferré, a los Figueras, a Angelats. Qué recordaban éstos que les había contado. Y qué habían pensado y sentido ellos. Ardía en deseos de hablar con el tío de Jaume Figueras, con Maria Ferré y con Angelats, si es que aún estaba vivo. Me decía que, si bien el relato de Jaume Figueras no podía ser fiable (o no podía serlo más que el de Ferlosio), pues su veracidad ni siquiera pendía de un recuerdo (el suyo), sino del recuerdo de un recuerdo (el de su padre), los relatos de su tío, de Maria Ferré y de Angelats, si es que todavía estaba vivo, eran, en cambio, relatos de primera mano y por tanto, al menos en principio, mucho menos aleatorios que aquél. Me pregunté si esos relatos se ajustarían a la realidad de los hechos o si, de forma acaso inevitable, estarían barnizados por esa pátina de medias verdades y embustes que prestigia siempre un episodio remoto y para sus protagonistas quizá legendario, de manera que lo que acaso me contarían que ocurrió no sería lo que de verdad ocurrió y ni siquiera lo que recordaban que ocurrió, sino sólo lo que recordaran haber contado otras veces.

Abrumado de interrogantes, seguro de que con suerte aún tendría que esperar un mes antes de hablar con el tío de Figueras, como si caminara por una zona de médanos y necesitara pisar tierra firme llamé a Miquel Aguirre. Era un lunes y era muy tarde, pero Aguirre todavía estaba despierto y, después de hablarle de mi entrevista con

Jaume Figueras y de su tío y de la libreta de Sánchez Mazas, le pregunté si era posible cerciorarse documentalmente de que Pere Figueras, el padre de Jaume, había estado en efecto en la cárcel al terminar la guerra.

—Es facilísimo —contestó—. En el Archivo Histórico hay un catálogo que registra todos los nombres de los presos ingresados en la cárcel de la ciudad desde antes de la guerra. Si a Pere Figueras lo encarcelaron, su nombre aparecerá allí. Seguro.

—¿No pudieron haberle enviado a otra cárcel?

—Imposible. A los presos de la zona de Banyoles los destinaban siempre a la cárcel de Gerona.

Al día siguiente, antes de ir a trabajar al diario, me planté en el Archivo Histórico, que se halla en un viejo convento rehabilitado, en el casco antiguo. Guiándome por los letreros, subí unas escaleras de piedra y entré en la biblioteca, una sala espaciosa y soleada, con grandes ventanales y mesas de madera reluciente erizadas de lámparas, cuyo silencio sólo rompía el teclear de un funcionario casi oculto tras un ordenador. Le dije al funcionario —un hombre de pelo revuelto y mostacho gris— lo que buscaba; se levantó, fue hasta un anaquel y cogió una carpeta de anillas.

—Mire aquí —dijo, entregándomela—. Al lado de cada nombre está su número de expediente; si quiere consultarlo, pídamelo.

Me senté a una mesa y busqué en el catálogo, que abarcaba desde 1924 hasta 1949, algún Figueras que hubiese ingresado en prisión en 1939 o 1940. Como el apellido es bastante común en la zona, había varios, pero ninguno de ellos era el Pere (o Pedro) Figueras Bahí que yo buscaba: nadie con ese nombre había estado en la cárcel de Gerona en 1939, ni en 1940, ni siquiera en 1941 o 1942, que era cuando, de acuerdo con el relato de Jaume Figueras, su padre había estado preso. Alcé la vista de la carpeta: el funcionario seguía tecleando en el ordenador; la sala, desierta. Más allá de los ventanales inundados de luz había una confusión de casas decrépitas que, pensé, no ofrecería un aspecto muy distinto al de sesenta años y unos pocos meses atrás, cuando, en las postrimerías de la guerra, a pocos kilómetros de allí, tres muchachos anónimos y un cuarentón ilustre aguardaban emboscados el final de la pesadilla. Como asaltado por una súbita iluminación, pensé: «Todo es mentira». Razoné que, si el primer hecho que intentaba contrastar por mi cuenta con la realidad —la estancia de Pere Figueras en la cárcel— resultaba falso, nada impedía suponer que el resto de la historia igualmente lo fuera. Me dije que hubo sin duda tres muchachos que ayudaron a Sánchez Mazas a sobrevivir en el bosque tras su fusilamiento —una certeza avalada por diversas circunstancias, entre ellas la coincidencia entre las notas de la libreta de Sánchez Mazas y el relato que éste le hizo a su hijo—, pero determinados indicios autorizaban a pensar que no eran los hermanos Figueras y Angelats. Por de pronto, en la libreta de Sánchez Mazas sus nombres habían sido escritos a tinta y con una caligrafía diferente de la del resto del texto, que estaba escrito a lápiz; era indudable, pues, que una mano ajena a la de Sánchez Mazas los había añadido. Además, el fragmento mutilado de la declaración final, en el que, según yo había deducido al estudiar la libreta, debía de mencionarse a los Figueras y a Angelats, porque estaría destinado a agradecerles su ayuda, muy bien podía haber sido arrancado *precisamente* porque no se les mencionaba; es decir: para que alguien cediese a la deducción que yo había hecho. Y en cuanto a la falsa temporada en la cárcel de Pere Figueras, sin duda era una invención del propio Pere, o de su hijo, o de quién sabe quién; en todo caso, sumada a la orgullosa negativa de Pere a escapar del cautiverio apelando al favor de un alto dignatario franquista como Sánchez Mazas y a la carta en que denunciaba al desaprensivo que pretendía sacarle dinero a Sánchez Mazas haciéndose pasar por él, la historia constituía un cimiento ideal para edificar sobre ella una de esas brumosas leyendas de heroísmo paterno que, sin que nadie acierte a identificar nunca su origen, tanto prosperan a la muerte del padre en ciertas familias propensas a la mitificación de sí mismas. Más decepcionado que perplejo, me pregunté quiénes eran entonces los verdaderos amigos del bosque y quién y para qué había fabricado aquel fraude; más perplejo que decepcionado, me dije que quizá, como algunos habían sospechado desde el principio, Sánchez Mazas ni siquiera había estado nunca en el Collell, y que acaso toda la historia del fusilamiento y de las circunstancias que lo rodearon no era más que una inmensa superchería minuciosamente urdida por la imaginación de Sánchez Mazas —con la colaboración voluntaria e involuntaria de parientes, amigos, conocidos y desconocidos— para limpiar su fama de cobarde, para ocultar algún episodio deshonroso de su extraña peripecia de guerra y, sobre todo, para que algún investigador crédulo y sediento de novelerías la reconstruyese sesenta años después, redimiéndole para siempre ante la historia.

Devolví la carpeta de anillas a su lugar en el anaquel, y ya me disponía a salir de la biblioteca, anulado por una sensación de vergüenza y estafa, cuando, al pasar frente al ordenador, el funcionario me preguntó si había encontrado lo que buscaba. Le dije la verdad.

—Ah, pero no se me rinda tan pronto. —Se levantó y, sin darme tiempo de explicarle nada, fue de nuevo hasta el anaquel y volvió a sacar la carpeta—. ¿Cómo se llama la persona que busca?

—Pere o Pedro Figueras Bahí. Pero no se moleste: lo más probable es que no haya estado nunca en ninguna cárcel.

—Entonces no estará aquí —dijo, pero insistió—: ¿Tiene idea de cuándo pudo ingresar en prisión?

–En 1939 –cedí–. A lo sumo en 1940 o 1941.

Rápidamente el funcionario localizó la página.

–No figura nadie con ese nombre –constató–. Pero el funcionario de la prisión pudo equivocarse y transcribirlo mal. –Se atusó el mostacho, murmuró–: Vamos a ver...

Pasó varias veces atrás y adelante las hojas del catálogo, recorriendo las listas de nombres con un dedo inquisitivo, que por fin se detuvo.

–«Piqueras Bahí, Pedro» –leyó–. Seguro que es él. Haga el favor de esperar un momento.

Se perdió por una puerta lateral y regresó al rato, sonriente y provisto de un portafolios de tapas ajadas.

–Ahí tiene a su hombre –dijo.

El portafolios contenía en efecto el expediente de Pere Figueras. Excitadísimo, recobrado de golpe el amor propio, diciéndome que, si la estancia de Pere Figueras en la cárcel no era una invención, tampoco lo era el resto de la historia, examiné el expediente. En él constaba que Figueras era natural de Sant Andreu del Terri, un municipio asimilado con el tiempo al de Cornellà de Terri. Que era agricultor y soltero. Que contaba veinticinco años. Que se ignoraban sus antecedentes. Que había ingresado en la cárcel, procedente del Gobierno Militar y sin que pesase sobre él acusación alguna, el 27 de abril de 1939 y que había salido de ella apenas dos meses después, el 19 de junio. También constaba que había sido puesto en libertad por el General Auditor de acuerdo con una orden incluida en el expediente de un tal Vicente Vila Rubirola. Busqué a Rubirola en el catálogo, lo encontré, le pedí su expediente al funcionario, me lo trajo. Militante de Esquerra Republicana, Rubirola había estado en la cárcel a raíz de la revolución de octubre del 34 y había vuelto a ella al terminar la guerra, justo el mismo día en que lo hicieron Pere Figueras y otros ocho vecinos de Cornellà de Terri; todos ellos también fueron puestos en libertad el 19 de junio, el mismo día que Figueras, de acuerdo con una orden del General Auditor en la que no se especificaba ninguno de los motivos que justificaban la toma de esa decisión, aunque Vila Rubirola había regresado a la cárcel en julio del mismo año y, después de haber sido juzgado y condenado, no había salido definitivamente de ella hasta al cabo de veinte años.

Di las gracias al funcionario del Archivo y, al llegar al periódico, me faltó tiempo para telefonear a Aguirre. A éste le sonaban muchos de los nombres de la gente que entró en prisión con Pere Figueras —la mayoría notorios activistas de partidos de izquierdas—, y sobre todo el de Vila Rubirola, que en los primeros días de la guerra había intervenido al parecer en el asesinato, en Barcelona, del secretario del Ayuntamiento de Cornellà de Terri. Según Aguirre, el hecho de que Pere Figueras y sus ocho compañeros ingresaran sin explicaciones en la cárcel entraba dentro de lo normal en aquel momento, cuando a todo aquel que había mantenido algún tipo de vinculación política o militar con la República se le sometía a un riguroso aunque arbitrario escrutinio de su pasado, durante el cual permanecía en la cárcel; tampoco juzgaba extraño que Pere Figueras estuviera en libertad al cabo de poco tiempo, pues ocurría a menudo con quienes la justicia del nuevo régimen consideraba que no constituían un peligro para él.

—Lo que sí me parece muy raro es que alguien tan conocido como Vila Rubirola, y como algún otro de los que entraron en la cárcel con Figueras, salieran con él —observó Aguirre—. Y lo que ya no puedo entender de ninguna manera es que salieran todos el mismo día y sin la menor explicación, y todo eso para que Vila Rubirola, y no me extrañaría que también algún otro, volviera a la cárcel al cabo de nada. No me lo explico. —Aguirre hizo un silencio—. A menos que...

—¿A menos que...?

—A menos que alguien interviniera —concluyó Aguirre, esquivando el nombre que los dos teníamos en mente—. Alguien con poder de verdad. Un jerarca.

Esa misma noche, mientras cenaba con Conchi en un restaurante griego, le anuncié solemnemente, porque tenía necesidad de anunciárselo solemnemente, que, después de diez años sin escribir un libro, había llegado el momento de intentarlo de nuevo.

—¡De puta madre! —gritó Conchi, que estaba deseando añadir uno más a los libros que escoltaban en su salón a la Virgen de Guadalupe; con un pedazo de pan de pita untado de tzatziqui viajando hacia su boca, añadió—: Espero que no sea una novela.

—No —dije, muy seguro—. Es un relato real.

—¿Y eso qué es?

Se lo expliqué; creo que lo entendió.

—Será como una novela —resumí—. Sólo que, en vez de ser todo mentira, todo es verdad.

—Mejor que no sea una novela.

—¿Por qué?

—Por nada —contestó—. Es sólo que, en fin, querido, me parece que la imaginación no es tu fuerte.

—Eres un sol, Conchi.

—No te lo tomes así, chico. Lo que quiero decir es que... —Como no podía decir lo que quería decir, cogió otro trozo de pan de pita y dijo—: Por cierto, de qué va el libro.

—De la batalla de Salamina.

—¿De qué? —gritó

Varios pares de ojos se volvieron a mirarnos, por segunda vez. Yo sabía que el argumento de mi libro no iba a gustarle a Conchi, pero, como tampoco quería que nos llamaran la atención por la escandalera, brevemente traté de explicárselo.

—Tiene miga —comentó en efecto Conchi, con un rictus de asco—. ¡Mira que ponerse a escribir sobre un facha, con la cantidad de buenísimos escritores rojos que debe de haber por ahí! García Lorca, por ejemplo. Era rojo, ¿no? Uyyyy —dijo sin esperar respuesta, metiendo la mano por debajo de la mesa: alarmado, levanté el mantel y miré—. Chico, qué manera de picarme el chocho.

—Conchi —le recriminé en un susurro, incorporándome rápidamente y esforzándome en sonreír mientras espiaba de reojo las mesas de al lado—, te agradecería que por lo menos cuando salgas conmigo te pongas bragas.

—¡Menudo carrozón estás hecho! —dijo con su sonrisa más cariñosa, pero sin sacar a flote la mano sumergida: en ese momento noté los dedos de sus pies subiéndome por la pantorrilla—. ¿No ves que así es más sexy? Bueno, ¿cuándo empezamos?

—Te he dicho mil veces que no me gusta hacerlo en los lavabos públicos.

—No me refiero a eso, capullo. Me refiero a cuándo empezamos el libro.

—Ah, eso —dije mientras una llamarada me subía por la pierna y otra me bajaba por la cara—. Pronto —balbuceé—. Muy pronto. En cuanto acabe de documentarme.

Pero lo cierto es que tardé todavía algún tiempo en terminar de reconstruir la historia que quería contar y en llegar a conocer, si no todos y cada uno de sus entresijos, sí por lo menos los que juzgaba esenciales. De hecho, durante muchos meses invertí el tiempo que me dejaba libre mi trabajo en el periódico en estudiar la vida y la obra de Sánchez Mazas. Releí sus libros, leí muchos de los artículos que publicó en la prensa, muchos de los libros y artículos de sus amigos y enemigos, de sus contemporáneos, y también cuanto cayó en mis manos acerca de la Falange, del fascismo, de la guerra civil, de la naturaleza equívoca y cambiante del régimen de Franco.

Recorrí bibliotecas, hemerotecas, archivos. Varias veces viajé a Madrid, y constantemente a Barcelona, para hablar con eruditos, con profesores, con amigos y conocidos (o con amigos de amigos y conocidos de conocidos) de Sánchez Mazas. Pasé una mañana entera en el santuario del Collell, que, según me contó mossén Joan Prats —el cura de calva brillante y sonrisa devota que me mostró el jardín con cipreses y palmeras y las inmensas salas vacías, hondos pasillos, escalinatas con pasamanos de madera y aulas desiertas por donde habían vagado como sombras premonitorias Sánchez Mazas y sus compañeros de cautiverio—, acabada la guerra había vuelto a ser habilitado como internado para niños, hasta que, año y medio antes de mi visita, fuera reducido a su actual condición subalterna de centro de reunión de asociaciones piadosas y albergue ocasional de excursionistas. Fue el propio mossén Prats, que apenas había nacido cuando sucedieron los hechos del Collell, pero que no los ignoraba, quien me contó la historia real o apócrifa según la cual, al tomar los regulares de Franco el santuario, no dejaron con vida a un solo guardián de la prisión, y quien me dio las indicaciones precisas para llegar al lugar en que se produjo el fusilamiento. Siguiéndolas, salí del santuario por la carretera de acceso, llegué hasta una cruz de piedra que conmemoraba la masacre, doblé a la izquierda por un sendero que serpenteaba entre pinos y desemboqué en el claro. Allí permanecí un rato, paseando bajo el sol frío y el cielo inmaculado y ventoso de octubre, sin hacer otra cosa que auscultar el silencio frondosísimo del bosque y tratar de imaginar en vano la luz de otra mañana menos cristalina, la mañana inconcebible de enero en que, sesenta años atrás y en aquel mismo paraje, cincuenta hombres vieron de golpe la muerte y dos de ellos consiguieron eludir su mirada de medusa. Como si aguardara una revelación por ósmosis, me quedé allí un rato; no sentí nada. Luego me fui. Me fui a Cornellà de Terri, porque ese mismo día estaba citado a comer con Jaume Figueras, que por la tarde me enseñó Can Borrell, la antigua casa de los Ferré, Can Pigem, la antigua casa de los Figueras, y el Mas de la Casa Nova, el refugio temporal de Sánchez Mazas, los hermanos Figueras y Angelats. Can Borrell era una masía situada en el término municipal de Palol de Rebardit; Can Pigem estaba en Cornellà de Terri; el Mas de la Casa Nova estaba entre los dos pueblos y en medio del bosque. Can Borrell estaba deshabitada, pero no en ruinas, igual que Can Pigem; el Mas de la Casa Nova estaba deshabitado y en ruinas. Sesenta años atrás habrían sido sin duda tres casas muy distintas, pero el tiempo las había igualado, y su aire común de desamparo, de esqueletos en piedra entre cuyos costillares descarnados gime el viento en las tardes de otoño, no contenía una sola sugestión de que alguien, alguna vez, hubiera vivido en ellas.

Fue también gracias a Jaume Figueras, que finalmente cumplió con su palabra e hizo de diligente intermediario, como pude conversar con su tío Joaquim, con Maria Ferré y con Daniel Angelats. Los tres sobrepasaban los ochenta años: Maria Ferré tenía 88; Figueras y Angelats, 82. Los tres conservaban una buena memoria, o por lo menos conservaban una buena memoria de su encuentro con Sánchez Mazas y de las circunstancias que lo rodearon, como si aquél hubiera sido un hecho determinante en sus vidas y lo hubieran recordado a menudo. Las versiones de los tres diferían, pero no eran contradictorias, y en más de un punto se complementaban, así que no resultaba difícil recomponer, a partir de sus testimonios y rellenando a base de lógica y de un poco de imaginación las lagunas que dejaban, el rompecabezas de la aventura de Sánchez Mazas. Quizá porque ya nadie tiene tiempo de escuchar a la gente de cierta edad, y menos cuando recuerdan episodios de su juventud, los tres estaban deseosos de hablar, y más de una vez hube de encauzar el chorro en desorden de sus evocaciones. Puedo imaginar que adornaran alguna circunstancia secundaria, algún detalle lateral; no que mintieran, entre otras razones porque, de haberlo hecho, la mentira no hubiera encajado en el rompecabezas y los hubiera delatado. Por lo demás, los tres eran tan diversos que lo único que a mis ojos los unía era su condición de supervivientes, ese suplemento engañoso de prestigio que a menudo otorgan los protagonistas del presente, que es siempre consuetudinario, anodino y sin gloria, a los protagonistas del pasado, que, porque sólo lo conocemos a través del filtro de la memoria, es siempre excepcional, tumultuoso y heroico: Figueras era alto y fornido, de aire casi juvenil –camisa a cuadros, gorra de marinero, tejanos gastados–, un hombre viajado y provisto de una desaforada vitalidad y de una conversación erupcionada de gestos, exclamaciones y risotadas; Maria Ferré, que, según me dijo más tarde Jaume Figueras, había tenido la coquetería de ir al peluquero antes de recibirme en su casa de Cornellà de Terri –una casa que había sido en tiempos el bar y la tienda de ultramarinos del pueblo, y que aún conservaba a la entrada, casi como reliquias, un mostrador de mármol y una romana–, era mínima y dulce, digresiva, de ojos alternativamente maliciosos y humedecidos por su incapacidad para sortear las trampas que en el curso del relato le tendía la nostalgia, unos ojos jóvenes, coloreados y fluyentes de arroyo en verano. En cuanto a Angelats, la entrevista que mantuve con él fue decisiva. Decisiva para mí, quiero decir; o, más exactamente, para este libro.

Desde hacía muchos años, Angelats regentaba en el centro de Banyoles una fonda que ocupaba parte de una decrépita y hermosa casa de campo con un gran patio con columnas y vastos salones sombríos. Cuando lo conocí acababa de sobrevivir a un infarto y era un hombre moroso y disminuido, cuyos gestos, de una solemnidad casi abacial, contrastaban con la inocencia pueril de muchas de sus observaciones y con la despaciosa humildad de su talante de pequeño empresario catalán. No sé si exagero al creer que, como a Figueras y a Maria Ferré, a Angelats le halagaba en cierto modo mi interés por él; sé que disfrutó mucho recordando a Joaquim Figueras —que durante años había sido su mejor amigo y a quien hacía ya mucho tiempo que no veía— y su común aventura de la guerra, y mientras le oía esforzarse en presentarla como una travesura de juventud sin la menor importancia, intuí que tenía toda la importancia del mundo para él, quizá porque sentía que había sido la única aventura real de su vida, o por lo menos la única de la que sin temor a error podía enorgullecerse. Largamente me habló de ella; luego me habló de su infarto, de la marcha de su negocio, de su mujer, de sus hijos, de su única nieta. Comprendí que hacía mucho tiempo que le urgía hablar con alguien de estas cosas; comprendí que yo sólo le estaba escuchando en compensación por haberme contado su historia. Avergonzado, sentí piedad y, cuando consideré que ya había pagado mi deuda, quise despedirme, pero como había empezado a llover Angelats insistió en acompañarme hasta la parada del autobús.

—Ahora que lo recuerdo —dijo mientras cruzábamos bajo el paraguas una plaza encharcada. Se detuvo, y no pude evitar pensar que ese recuerdo no era sino una añagaza de última hora, para retenerme—. Antes de marcharse, Sánchez Mazas nos dijo que iba a escribir un libro sobre todo aquello, un libro en el que apareceríamos nosotros. Iba a llamarse *Soldados de Salamina;* un título raro, ¿no? También dijo que nos lo enviaría, pero no lo hizo. —Ahora Angelats me miró: la luz de una farola ponía un reflejo anaranjado en los cristales de sus gafas, y por un momento vi en las cuencas huesudas de sus ojos y en la promide su frente y sus pómulos y en su mandíbula pardibujo de su calavera–. ¿Sabe usted si escribió el

Un hilo de frío me recorrió la espalda. A punto estuve de contestar que sí; reflexioné a tiempo: «Si le digo que
sí lo escribió, querrá leerlo y descubrirá la mentira». Sintiendo que de algún modo estaba traicionando a Angelats,
secamente dije:

–No.

–¿No lo escribió o no sabe si lo escribió?

–No sé si lo escribió –mentí–. Pero le prometo averiguarlo.

–Hágalo. –Angelats continuó caminando–. Y, si resulta que lo escribió, me gustaría que me lo enviara. Seguro que habla de nosotros, ya le he dicho que él siempre
nos decía que le salvamos la vida. Me haría mucha ilusión
leer ese libro. Lo comprende, ¿verdad?

–Claro –dije y, sin acabar de sentirme del todo sucio,
añadí–: Pero no se preocupe: en cuanto lo encuentre se
lo enviaré.

Al día siguiente, apenas llegué al periódico fui al despacho del director y negocié un permiso.

–¿Qué? –preguntó, irónico–. ¿Otra novela?

–No –contesté, satisfecho–. Un relato real.

Le expliqué qué era un relato real. Le expliqué de qué
iba mi relato real.

–Me gusta –dijo–. ¿Ya tienes título?

–Creo que sí –contesté–. *Soldados de Salamina.*

74

Segunda parte
Soldados de Salamina

El 27 de abril de 1939, justo el día en que Pere Figueras y sus ocho compañeros de Cornellà de Terri ingresaron en la prisión de Gerona, Rafael Sánchez Mazas acababa de ser nombrado consejero nacional de Falange Española Tradicionalista y de las JONS y vicepresidente de su Junta Política; aún no había transcurrido un mes desde el hundimiento definitivo de la República, y todavía faltaban cuatro para que Sánchez Mazas se convirtiera en ministro sin cartera del primer gobierno de la posguerra. Siempre fue un hombre esquinado, soberbio y despótico, pero no mezquino ni vengativo, y por eso en aquella época la antesala de su despacho oficial hervía de familiares de presos ávidos de lograr su intercesión en favor de antiguos conocidos o amigos a los que el final de la guerra había confinado en las celdas de la derrota. Nada permite pensar que no hizo cuanto pudo por ellos. Gracias a su insistencia, el Caudillo conmutó por la de cadena perpetua la pena de muerte que pesaba sobre el poeta Miguel Hernández, pero no la que un amanecer de noviembre de 1940, ante un pelotón de fusilamiento, acabó con la vida de Julián Zugazagoitia, buen amigo de Sánchez Mazas y ministro de la Gobernación en el gabinete de Negrín. Meses antes de ese asesinato inútil, de regreso de un viaje a Roma en calidad de delegado nacional de Falange Exterior, su secretario, el periodista Carlos Sentís, le puso al día de los asuntos pendientes y le leyó la lista de las per-

sonas a las que había concedido audiencia para esa mañana. Bruscamente despierto, Sánchez Mazas se hizo repetir
un nombre; luego se levantó, cruzó a grandes zancadas el
despacho, abrió la puerta, se plantó en medio de la antesala y, escrutando las caras de susto que la abarrotaban, preguntó:

—¿Quién de ustedes es Joaquín Figueras?

Paralizado por el terror, un hombre de ojos de huérfano e indumentaria de viajante trató de contestar, pero
sólo acertó a quebrar el silencio sólido que siguió a la pregunta con un borborigmo indescifrable, mientras intro-
ducía una mano desesperada como una garra en el bolsillo de su chaqueta. De pie frente a él, Sánchez Mazas
quiso saber si era pariente de los hermanos Pere y Joaquim Figueras. «Soy su padre», consiguió articular el hombre, con un tremendo acento catalán y un frenético cabe-
ceo que ni siquiera amainó cuando Sánchez Mazas lo
estrujó en un abrazo de alivio. Agotadas las efusiones, los
dos hombres conversaron en el despacho durante unos
minutos. Joaquim Figueras refirió que su hijo Pere llevaba mes y medio encerrado en la cárcel de Gerona, acusa-
do sin pruebas, como otros jóvenes del pueblo, de haber
tomado parte en la quema de la iglesia de Cornellà de
Terri durante los primeros días de la guerra y de haber
intervenido en el asesinato del secretario del ayuntamiento. Sánchez Mazas no le dejó terminar; salió del despacho
por una puerta lateral y regresó al rato.

—Arreglado —proclamó—. Cuando vuelva usted a Cornellà se encontrará a su hijo en casa.

Figueras salió del despacho eufórico, y cuando bajaba
las escaleras del edificio oficial notó un dolor lancinante
en la mano y advirtió que todavía la llevaba metida en el
bolsillo de la chaqueta, estrujando con toda su fuerza una
hoja de papel arrancada de una libreta de tapas verdes
en la que Sánchez Mazas había dejado constancia de la

deuda de gratitud que le unía a sus hijos. Y cuando días después llegó a Cornellà y abrazó sin lágrimas a su hijo recién liberado, Joaquim Figueras supo que no había sido un error emprender aquel viaje de alucinación por un país devastado para ver a un hombre al que no conocía y al que hasta el final de sus días tuvo por uno de los más poderosos de España.

Sólo se equivocaba en parte. Porque, aunque siempre la juzgó un oficio indigno de caballeros, Sánchez Mazas llevaba por entonces más de una década metido en política y todavía tardaría varios años en abandonarla, pero nunca en toda su vida iba a acumular tanto poder real en sus manos como en aquel momento.

Había nacido en Madrid un 18 de febrero de hacía cuarenta y cinco años. Su padre, un médico militar oriundo de Coria, cuyo tío había sido médico de Alfonso XII, murió a los pocos meses, y la madre, María Rosario-Mazas y Orbegozo, buscó de inmediato la protección de su familia en Bilbao. Allí, en una casa de cinco plantas situada junto al puente de Deusto, en la calle Henao, halagado por los mimos de un ejército de tíos sin hijos, transcurrieron su infancia y adolescencia. Los Mazas eran un clan familiar de hidalgos de raigambre liberal e inclinaciones literarias, emparentados con Miguel de Unamuno y sólidamente anclados en el cogollo de la buena sociedad bilbaína, en los que Sánchez Mazas se inspiraría para construir algunos personajes de sus novelas y de los que heredó una irreprimible propensión al ocio señorial y una terca vocación literaria. Esta última rozó asimismo a su madre, una mujer ilustrada y sagaz, que volcó toda su energía de viuda prematura en facilitar a su hijo la carrera de escritor que ella no había podido o querido emprender.

Sánchez Mazas no la decepcionó. Es verdad que fue un estudiante mediocre, que vagó con más pena que gloria por diversos internados religiosos de alcurnia hasta recalar en la Universidad Central de Madrid y por fin en el Real Colegio de Estudios Superiores de María Cristina en El Escorial, regentado por agustinos, donde en 1916 se licenció en derecho. No es menos verdad, sin embargo, que muy pronto empezó a dar muestras de un talento literario evidente. A los trece años escribía poemas a la manera de Zorrilla y de Marquina; a los veinte imitaba a Rubén y a Unamuno; a los veintidós era un poeta maduro; a los veintiocho su obra en verso estaba en lo esencial cumplida. Con característico ademán aristocrático, apenas se ocupó de publicarla, y si la conocemos por entero (o casi por entero) se debe en gran parte a los desvelos de su madre, que transcribió sus poemas a mano en unos pequeños cuadernos de hule negro, anotando bajo cada uno de ellos su lugar y fecha de composición. Por lo demás, Sánchez Mazas es un buen poeta; un buen poeta menor, quiero decir, que es casi todo a lo que puede aspirar un buen poeta. Sus versos tienen una sola cuerda, humilde y viejísima, monótona y un poco sentimental, pero Sánchez Mazas la toca con maestría, arrancándole una música limpia, natural y prosaica que sólo canta la melancolía agridulce del tiempo que huye y en su huida arrastra el orden y las seguras jerarquías de un mundo abolido que, precisamente por haber sido abolido, es también un mundo inventado e imposible, que casi siempre equivale al mundo imposible e inventado del Paraíso.

Aunque sólo publicó un libro de poemas en vida, es posible que Sánchez Mazas se sintiera siempre un poeta, y acaso esencialmente lo fue; sus contemporáneos, sin embargo, lo conocieron ante todo como autor de crónicas, de artículos, de novelas y, sobre todo, como político, que es justo lo que nunca se sintió y lo que acaso esencialmente nunca fue. En junio de 1916, un año después de publicar su primera novela, *Pequeñas memorias de Tarín*, y recién licenciado en derecho, Sánchez Mazas regresó a Bilbao) por entonces una ciudad impetuosa y autosatisfecha, dominada por una boyante burguesía que gozaba de un período de esplendor económico derivado de la neutralidad española en la primera guerra mundial. Esa bonanza halló su más conspicua expresión cultural en la revista *Hermes*, que aglutinó a un puñado de escritores católicos, d'orsianos y españolistas, devotos de la cultura romana y de los valores de la civilización occidental, a quienes Ramón de Basterra bautizó con el pomposo título de Escuela Romana del Pirineo. Basterra fue uno de los más notorios integrantes de ese grupo de escritores, la mayoría de los cuales pasaría con los años a engrosar las filas del falangismo; otro fue Sánchez Mazas. Se reunían en la tertulia del Lyon d'Or, un café situado en plena Gran Vía de López de Haro, donde Sánchez Mazas brilló como conversador culto, circunspecto y un tanto ampuloso. José María de Areilza, por entonces un niño a quien su padre llevaba a tomar chocolate al Lyon d'Or, lo recuerda como «un joven espigado, delgadísimo, con sus graves lentes de concha, sus ojos ardientes y al mismo tiempo fatigados y una voz que hacía estentórea, de vez en cuando, para acentuar un punto de la discusión». Por esa época Sánchez Mazas ya escribía asiduamente en *Abc*, en *El Sol*, en *El Pueblo Vasco*, y en 1921 Juan de la Cruz, el director de este último, lo envió como corresponsal a la guerra de Marruecos, donde entabló una duradera amistad de copas y largas conversaciones nocturnas, que vadearía el encono de una guerra vivida en bandos contrarios, con otro corresponsal bilbaíno llamado Indalecio Prieto.

Un año apenas duró la estancia de Sánchez Mazas en Marruecos, porque en 1922 Juan Ignacio Luca de Tena lo envió a Roma como corresponsal de *Abc*. Italia le fascinó. Su pasión de juventud por la cultura clásica, por el Renacimiento y por la Roma imperial cristalizó para siempre al contacto con la Roma real. Allí vivió siete años. Allí se casó con Liliana Ferlosio, una italiana recién salida de la adolescencia a la que casi arrebató de su casa y con la que mantuvo toda su vida una caótica relación de la que nacieron cinco hijos. Allí maduró como hombre y como lector y como escritor. Allí se forjó una justa fama de cronista con unos artículos muy literarios, de refinado diseño y ejecución segura —a ratos densos de erudición y de lirismo, a ratos vehementes de pasión política—, que acaso son lo mejor de su obra. Allí, también, se convirtió al fascismo. De hecho, no es exagerado afirmar que Sánchez Mazas fue el primer fascista de España, y muy exacto decir que fue su más influyente teórico. Lector fervoroso de Maurras y amigo íntimo de Luigi Federzoni —que encarnó en Italia una suerte de fascismo ilustrado y burgués, y que andando el tiempo ostentaría varias carteras ministeriales en los gobiernos de Mussolini—, monárquico y conservador de vocación, Sánchez Mazas creyó descubrir en el fascismo el instrumento idóneo para curar su nostalgia de un catolicismo imperial y, sobre todo, para recomponer por la fuerza las seguras jerarquías del antiguo régimen que el viejo igualitarismo democrático y el nuevo y pujante igualitarismo bolchevique amenazaban con aniquilar en toda Europa. O dicho de otro modo: quizá para Sánchez Mazas el fascismo no fue sino un intento político de *realizar* su poesía, de hacer realidad el mundo que melancólicamente evoca en ella, el mundo abolido, inventado e imposible del Paraíso. Sea como fuere, lo cierto es que saludó con entusiasmo la Marcha sobre Roma en una serie de crónicas titulada *Italia a paso gentil*, y que vio en Benito Mussolini la reencarnación de los condotieros renacentistas y en su ascensión al poder el anuncio de que el tiempo de los héroes y los poetas había vuelto a Italia.

Así que en 1929, de regreso en Madrid, Sánchez Mazas

ya había tomado la decisión de consagrarse por entero a lograr que ese tiempo también volviera a España. En cierto modo lo consiguió. Porque la guerra es por excelencia el tiempo de los héroes y los poetas, y en los años treinta poca gente empeñó tanta inteligencia, tanto esfuerzo y tanto talento como él en conseguir que en España estallara una guerra. A su vuelta al país, Sánchez Mazas entendió enseguida que para alcanzar su objetivo no sólo era preciso fundar un partido cortado por el mismo patrón del que había visto triunfar en Italia, sino también hallar un condotiero renacentista cuya figura, llegado el momento, catalizase simbólicamente todas las energías liberadas por el pánico que la descomposición de la Monarquía y el triunfo inevitable de la República iban a generar entre los sectores más tradicionales de la sociedad española. La primera empresa tardó todavía un tiempo en cuajar; no así la segunda, pues José Antonio Primo de Rivera vino a encarnar de inmediato la figura del caudillo providencial que Sánchez Mazas buscaba. La amistad que los unió a ambos fue sólida y perdurable (tanto que una de las últimas cartas que escribió José Antonio desde la cárcel de Alicante, en vísperas de su fusilamiento el 20 de noviembre del 36, estaba dirigida a Sánchez Mazas); tal vez lo fue porque estuvo basada en un equitativo reparto de papeles. José Antonio poseía en efecto todo aquello de lo que carecía Sánchez Mazas: juventud, belleza, coraje físico, dinero y prosapia; lo contrario también es cierto: armado de su experiencia italiana, de sus muchas lecturas y de su talento literario, Sánchez Mazas se convirtió en el más atendido consejero de José Antonio y, una vez fundada la Falange, en su principal ideólogo y propagandista y en uno de los fundamentales forjadores de su retórica y sus símbolos: Sánchez Mazas propuso, como símbolo del partido, el yugo y las flechas, que había sido el símbolo de los Reyes Católicos, acuñó el grito ritual de «¡Arriba España!», compuso la celebérrima *Oración por los muertos de Falange*, y a lo largo de varias noches de diciembre de 1935 participó, junto con José Antonio y con otros escritores de su círculo —Jacinto Miquelarena, Agustín de Foxá, Pedro Mourlane Michelena, José María Alfaro y Dionisio Ridruejo—, en la escritura de la letra del *Cara al sol*, en los bajos del Or Kompon, un bar vasco situado en la calle Miguel Moya de Madrid.

Pero Sánchez Mazas aún iba a tardar algún tiempo en convertirse en el principal proveedor de retórica de la Falange, como lo llamó Ramiro Ledesma Ramos. Cuando llegó a Madrid en 1929, aureolado por su prestigio de escritor cosmopolita y por sus ideas novísimas, nadie en España pensaba seriamente en fundar un partido de corte fascista, ni siquiera Ledesma, que un par de años más tarde crearía las JONS, el primer grupúsculo fascista español. Como la otra, la vida literaria, sin embargo, se radicalizaba por momentos al calor de las convulsiones que sacudían Europa y de los cambios que se vislumbraban en el horizonte político español: en 1927 un joven escritor llamado César Arconada, que había profesado el elitismo orteguiano y que no tardaría en engrosar las filas del partido comunista, resumía el sentir de mucha gente de su edad cuando declaraba que «un joven puede ser comunista, fascista, cualquier cosa, menos tener viejas ideas liberales». Ello explica en parte que tantos escritores del momento, en España y en toda Europa, cambiaran en pocos años el esteticismo deportivo y lúdico de los felices veinte por el combate político puro y duro de los feroces treinta.

Sánchez Mazas no fue ninguna excepción. De hecho, toda su actividad literaria en la época anterior a la guerra se limita a la escritura de innumerables artículos de prosa aguerrida donde la definición de la estética y la moral falangistas —hechas de deliberado confusionismo ideológico, de mística exaltación de la violencia y el militarismo y de cursilerías esencialistas que proclamaban el carácter eterno de la patria y de la religión católica– convive con un propósito central que, como afirma Andrés Trapiello, consistía básicamente en hacer acopio de citas de historiadores latinos, pensadores alemanes y poetas franceses que sirvieran para justificar la razia cainita que se avecinaba. La actividad política de Sánchez Mazas, en cambio, fue en estos años frenética. Después de participar en varios intentos de crear un partido fascista, en febrero de 1933, junto con el periodista Manuel Delgado Barreto, José Antonio Primo de Rivera, Ramiro Ledesma Ramos, Juan Aparicio y Ernesto Giménez Caballero –con quien durante años mantendría una pugna no siempre soterrada por hacerse con el liderazgo ideológico del fascismo español, que acabó ganando–, Sánchez Mazas fundó el semanario *El Fascio,* que supuso el primer encuentro de las distintas tendencias nacionalsindicalistas que acabarían confluyendo en la Falange. El primer y único número de *El Fascio* apareció un mes más tarde y fue de inmediato prohibido por las autoridades, pero el 29 de octubre del mismo año se celebró en el Teatro de la Comedia de Madrid el acto fundacional de Falange Española, y Sánchez Mazas, a quien meses más tarde se le asignó el carnet número cuatro del partido (Ledesma tenía el uno; José Antonio el dos; Ruiz de Alda el tres; Giménez Caballero el cinco), fue nombrado miembro de su Junta Directiva. Desde aquel momento y hasta el 18 de julio de 1936 su peso en el partido –un partido que antes de la guerra nunca consiguió atraer a lo largo de la geografía española más que a unos centenares de militantes, y que en todas las elecciones a las que se presentó jamás cosechó más que unos miles de votos, pero que iba a resultar decisivo para el devenir de la historia del país– fue determinante. Durante esos años de hierro Sánchez Mazas pronunció discursos, intervino en mítines, diseñó estrategias y programas, redactó ponencias, inventó consignas, aconsejó a su jefe y, sobre todo a través de *F.E.*, el semanario oficial de la Falange –donde se encargaba de una sección titulada «Consignas y normas de estilo»–, difundió en artículos anónimos o firmados por él mismo o por el propio José Antonio unas ideas y un estilo de vida que con el tiempo y sin que nadie pudiera sospecharlo –y menos que nadie el propio Sánchez Mazas– acabarían convertidos en el estilo de vida y las ideas que, primero adoptadas como revolucionaria ideología de choque ante las urgencias de la guerra y más tarde rebajadas a la categoría de ornamento ideológico por el militarote gordezuelo, afeminado, incompetente, astuto y conservador que las usurpó, acabarían convertidas en la parafernalia cada vez más podrida y huérfana de significado con la que un puñado de patanes luchó durante cuarenta años de pesadumbre por justificar su régimen de mierda.

Sin embargo, en la época en que se incubaba la guerra las consignas que difundía Sánchez Mazas aún poseían una flamante sugestión de modernidad que los jóvenes patriotas de buena familia y violentos ideales que las acataban contribuían a afianzar. Por entonces a José Antonio le gustaba mucho citar una frase de Oswald Spengler según la cual a última hora siempre ha sido un pelotón de soldados el que ha salvado la civilización. Por entonces los jóvenes falangistas sentían que eran ese pelotón de soldados. Sabían (o creían saber) que sus familias dormían un inocente sueño de beatitud burguesa, ignorantes de que una ola de impiedad y de barbarie igualitaria iba a despertarlas de golpe con un tremendo fragor de catástrofe. Sentían que su deber consistía en preservar por la fuerza la civilización y evitar la catástrofe. Sabían (o creían saber) que eran pocos, pero esta mera circunstancia numérica no les arredraba. Sentían que eran los héroes. Aunque

86

ya no era joven y carecía de la fuerza y el coraje físico y hasta de la convicción precisa para serlo –pero no de una familia cuyo inocente sueño de beatitud preservar–, Sánchez Mazas también lo sintió, y por eso abandonó la literatura para entregarse con empeño sacerdotal a la causa. Esto no le impedía frecuentar con José Antonio los salones más selectos de la capital, ni secundarle en algunas de sus sonadas excentricidades de señorito, como las Cenas de Carlomagno, unos banquetes enfáticamente suntuosos que una vez al mes se celebraban en el Hotel París para conmemorar al emperador y, sobre todo, para protestar con su rigurosa exquisitez aristocrática contra la vulgaridad democrática y republicana que acechaba más allá de las paredes del hotel. Pero las reuniones más asiduas de José Antonio y su séquito perpetuo de futuros poetas soldados se celebraban en los bajos del Café Lyon, en la calle Alcalá, en un lugar conocido como La Ballena Alegre, donde discutían acaloradamente, hasta altas horas de la noche, de política y de literatura, y donde convivían en una atmósfera de cordialidad inverosímil con jóvenes escritores de izquierdas con quienes compartían inquietudes y cervezas y conversaciones y bromas y cordiales insultos.

El estallido de la guerra iba a trocar esa hostilidad afectuosa e ilusoria en una hostilidad real, aunque el imparable deterioro de la vida política durante los años treinta ya había anunciado a quien quisiera verlo la inminencia del cambio. Quienes meses o semanas o días atrás habían conversado frente a una taza de café, a la salida de un teatro o de la exposición de un amigo común, se veían enzarzados ahora desde bandos opuestos en peleas callejeras que no desdeñaban el estampido de los disparos ni la efusión de la sangre. La violencia, en realidad, venía de antes y, a pesar de las protestas victimistas de algunos dirigentes del partido, reacios a ella por temperamento y por

educación, lo cierto es que la Falange la había alimenta-
do sistemáticamente con el fin de hacer insostenible la
situación de la República, y que el uso de la fuerza se
hallaba en el mismo corazón de la ideología del falangismo, que, como todos los demás movimientos fascistas,
adoptó los métodos revolucionarios de Lenin, para quien
bastaba una minoría de hombres valerosos y decididos
—el equivalente del pelotón de soldados de Spengler—
para tomar el poder con las armas. Como José Antonio,
Sánchez Mazas fue también uno de esos falangistas re-
nuentes, a ratos y en teoría, al empleo de la violencia (en
la práctica la fomentó: lector de Georges Sorel, que la
consideraba un deber moral, sus escritos son casi siempre
una incitación a ella); por eso en febrero de 1934, en la
Oración por los muertos de la Falange, compuesta a petición
de José Antonio para frenar los ímpetus de venganza de los
suyos después del asesinato del estudiante Matías Monte-
ro en una refriega callejera, escribió que «a la victoria que
no sea clara, caballeresca y generosa preferimos la derrota, porque es necesario que mientras cada golpe del enemigo sea horrendo y cobarde, cada acción nuestra sea la
afirmación de un valor y de una moral superiores». El
tiempo demostró que esas hermosas palabras no eran más
que retórica. El 16 de junio de 1935, en una reunión cele-
brada en el Parador de Gredos, la Junta Política de Falange, convencida de que nunca alcanzaría el poder por la
fuerza de las urnas y de que peligraba su existencia misma
como partido político, pues la República lo consideraba
con razón una amenaza permanente para su supervivencia, tomó la decisión de lanzarse a la conquista del poder
mediante la insurrección armada. Durante el año que siguió a esa reunión las maniobras conspiratorias de Falange
—plagadas como estuvieron de innumerables recelos, es-
crúpulos, salvedades y dudas que traducían tanto su escasa confianza en las propias posibilidades de triunfo como

los justificados y a la postre premonitorios temores de su jefe ante la posibilidad de que el partido y su programa revolucionario fueran engullidos por la previsible alianza entre el ejército y los sectores sociales más conservadores que apoyarían el golpe– no cesaron ni un instante, hasta que el 14 de marzo de 1936, después de ser arrasada en las elecciones de febrero de ese mismo año, la Falange fue descabezada cuando la policía cerró su local de la calle Nicasio Gallego, detuvo a su Junta Política en pleno y prohibió *sine die* el partido.

A partir de este momento el rastro de Sánchez Mazas se esfuma. Su peripecia durante los meses previos a la contienda y durante los tres años que duró ésta sólo puede intentar reconstruirse a través de testimonios parciales –fugitivas alusiones en memorias y documentos de la época, relatos orales de quienes compartieron con él retazos de sus aventuras, recuerdos de familiares y amigos a quienes refirió sus recuerdos– y también a través del velo de una leyenda constelada de equívocos, contradicciones y ambigüedades que la selectiva locuacidad de Sánchez Mazas acerca de ese periodo turbulento de su vida contribuyó de forma determinante a alimentar. Así pues, lo que a continuación consigno no es lo que realmente sucedió, sino lo que parece verosímil que sucediera; no ofrezco hechos probados, sino conjeturas razonables.

Son éstas:

En marzo de 1936, estando Sánchez Mazas preso en la cárcel Modelo de Madrid junto a sus compañeros de la Junta Política, nace su cuarto hijo, Máximo, y Victoria Kent, a la sazón directora general de Prisiones, concede al recluso el permiso de tres días para visitar a su mujer que por ley le corresponde, a condición de que dé su palabra de honor de no ausentarse de Madrid y de regresar a la cárcel al cabo del tiempo convenido. Sánchez Mazas acepta el trato, pero, según otro de sus hijos, Rafael, antes de salir de la cárcel el alcaide le llama a su despacho y le dice entre dientes que él ve las cosas muy oscuras, por lo que le sugiere con medias palabras «que mejor le valdría no volver, y que él, por su parte, no pondría lo que se dice el mayor de los empeños en su busca y captura». Porque justifica el dudoso comportamiento ulterior de Sánchez Mazas, cabe poner en tela de juicio la veracidad de esta versión; también cabe imaginar que no sea falsa. Lo cierto es que Sánchez Mazas, olvidando las protestas de caballerosidad y heroísmo con que ilustró tantas páginas de prosa incendiaria, rompe su compromiso y huye a Portugal, pero José Antonio, que se había tomado en serio las palabras de su lugarteniente y que juzga que no sólo está en juego su honor, sino el de toda la Falange, le ordena desde la cárcel de Alicante, adonde ha sido trasladado junto con su hermano Miguel en la noche del 5 al 6 de junio, volver a Madrid. Sánchez Mazas obedece, pero antes de que pueda ingresar de nuevo en la Modelo estalla la sublevación.

Los días que siguen son confusos. Casi tres años más tarde, Eugenio Montes —a quien Sánchez Mazas llamó «mi mayor y mejor camarada en el afán de poner las letras humanas al servicio de nuestra Falange»— describe desde Burgos la peripecia de su amigo en las jornadas inmediatas al 18 de julio como «la aventura de las esquinas y los escondites, con los esbirros rojos siguiéndole las huellas». La frase es tan novelesca como elusiva, pero quizá no traiciona del todo a la realidad. La revolución triunfa en Madrid. La gente mata y muere en las cunetas y los cuarteles. El Gobierno legal ha perdido el control de la situación y se respira en la atmósfera un revoltijo mortífero de miedo y de euforia. En las casas proliferan los registros; en las calles, los controles de los milicianos. Una noche de principios de septiembre, incapaz de tolerar por más tiempo el desasosiego de la clandestinidad y la inminencia permanente del peligro, o tal vez urgido por los amigos o conocidos que durante demasiado tiempo han corrido el riesgo de dar cobijo a un fugitivo de su calibre, Sánchez Mazas decide salir de su madriguera, huir de Madrid y pasarse a la zona nacional.

Previsiblemente, no lo consigue. Al día siguiente, apenas sale a la calle, es detenido; la patrulla le exige que se identifique. Con una extraña mezcla de pánico y de resignación, Sánchez Mazas comprende que está perdido y, como si quisiera despedirse en silencio de la realidad, durante un interminable segundo de indecisión mira a su alrededor y advierte que, aunque apenas son las nueve, en la calle de la Montera los comercios ya han abierto y el bullicio urgente y plebeyo de la multitud inunda las aceras, mientras el sol duro anuncia una mañana sofocante de ese verano que no se acaba nunca. En aquel momento atrae la atención de los tres milicianos armados un camión atiborrado de militantes de UGT y erizado de fusiles y de gritos de guerra, que se dirige al frente del Guadarrama con la carrocería pintarrajeada de siglas y nombres, entre los que figura el de Indalecio Prieto, que acaba de ser nombrado ministro de Marina y del Aire en el flamante gobierno de Largo Caballero. Entonces Sánchez Mazas concibe y ejecuta una idea desesperada: les dice a los milicianos que no puede identificarse, porque se halla de incógnito en Madrid cumpliendo una misión que le ha sido directamente encomendada por el ministro de Marina y del Aire, y exige que le pongan en contacto con éste. Divididos entre la perplejidad y el recelo, los milicianos deciden llevarlo a la sede de la Dirección General de Seguridad para cerciorarse de la autenticidad de aquella excusa inverosímil; allí, tras algunas gestiones angustiosas, Sánchez Mazas consigue hablar por teléfono con Prieto. Éste se interesa por su situación, le aconseja que busque refugio en la embajada de Chile, afectuosamente le desea buena suerte; luego, en nombre de su vieja amistad africana, ordena que lo pongan de inmediato en libertad.

Ese mismo día consigue Sánchez Mazas entrar en la embajada de Chile, donde pasará casi año y medio. De esa temporada de encierro se conserva una foto: Sánchez Mazas aparece en el centro de un corro de refugiados, entre los que se cuenta el escritor falangista Samuel Ros; son ocho, todos un poco harapientos y mal afeitados, todos expectantes. Vestido con una camisola que tal vez fue blanca, con su perfil semita, sus gafas de miope y su ancha frente, Sánchez Mazas está acodado con un gesto elegante a una mesa donde sólo se ve un vaso vacío, un pedazo de pan, un mazo de papeles o libretas y un cazo de hambre. Está leyendo; los demás le escuchan. Lo que lee es un fragmento de *Rosa Krüger*, una novela que escribió o empezó a escribir en esos días para aliviarse de la reclusión y distraer a sus compañeros, y que sólo se publicaría, inacabada, cincuenta años más tarde, cuando su autor llevaba ya mucho tiempo muerto. Sin duda es su mejor novela y también una buena novela, y además extraña y como atemporal, escrita a la manera bizantina por alguien que tuviera el gusto y la sensibilidad de un pintor prerrafaelita, de vocación europeísta y fondo patriótico y conservador, saturada de fantasías exquisitas, de aventuras exóticas, de una suerte de melancólica sensualidad a través de las cuales, y de una prosa exacta y cristalina, se narra la batalla que en el interior del protagonista libran los dos principios esenciales que, según el autor, rigen el universo —lo diabólico y lo angélico—, y la victoria final de este último, encarnado en una *donna angelicata* llamada Rosa Krüger. Asombra que Sánchez Mazas consiguiera aislarse de la obligada y ruidosa promiscuidad que reinaba en la embajada para escribir su libro, pero no que el fruto de ese aislamiento eludiera minuciosamente las dramáticas circunstancias que rodearon su concepción, pues hubiera sido redundante añadir a la tragedia de la guerra el relato de la tragedia de la guerra. Por lo demás, la aparente contradicción, que tanto ha preocupado a algunos de sus lectores, entre las belicosas ideas falangistas de Sánchez Mazas y su apolítico y estetizante quehacer literario se resuelve si admitimos que ambas son expresiones contrapuestas pero coherentes de una misma nostalgia: la del mundo abolido, imposible e inventado del Paraíso, la de las seguras jerarquías de un *ancien régime* que la ventolera inapelable de la historia estaba barriendo para siempre.

A medida que transcurre el tiempo y aumentan la sangría y la desesperanza de la guerra, la situación en las embajadas que acogen fugitivos del Madrid republicano se vuelve cada vez más precaria, y el temor a los asaltos arrecia, de forma que todo aquel que tiene a su alcance una posibilidad sensata de fuga prefiere correr el riesgo de la aventura en busca de un refugio seguro antes que prolongar la incertidumbre angustiosa del encierro y la espera. Así lo hace Samuel Ros, que llega a Chile a mediados de 1937 y que no volverá a la España nacional hasta el año siguiente. Animado por el éxito de Ros, en algún momento del otoño del 37 Sánchez Mazas intenta la fuga. Cuenta con la ayuda de una prostituta y de un joven simpatizante de Falange cuya familia, conocida de Sánchez Mazas, posee o poseía una empresa de transportes. Su plan consiste en alcanzar Barcelona y, una vez allí, recabar la ayuda de la quinta columna para entrar en contacto con las redes de evasión que cruzan clandestinamente la frontera francesa. Ponen en práctica el plan y, durante varios días, Sánchez Mazas recorre por carreteras secundarias y caminos de carro, camuflado entre un cargamento de hortalizas podridas, los seiscientos kilómetros que lo separan de

Barcelona en compañía de la prostituta y el joven falangista. Milagrosamente, franquean todos los controles y llegan sanos y salvos a su destino, sin más contratiempo que un neumático reventado y el susto de muerte que les inflige un chucho de olfato demasiado fino. En Barcelona los tres viajeros se separan, y a Sánchez Mazas lo acoge, tal y como tenían previsto, un abogado perteneciente al JMB, uno de los numerosos e inconexos grupúsculos falangistas que la quinta columna tiene desperdigados por la ciudad. Después de concederle unos días de descanso, los miembros del JMB le urgen a que tome el mando y, haciendo valer su condición de número cuatro de Falange, reúna a todos los grupos quintacolumnistas y los someta a la disciplina del partido, obligándolos a coordinar sus actividades. Tal vez porque su única preocupación hasta el momento ha sido salir de la zona roja y pasarse a la nacional, o simplemente porque se sabe incapacitado para la acción, la oferta le sorprende, y la rechaza de plano alegando su desconocimiento absoluto de la situación de la ciudad y de los grupos que operan en ella, pero los miembros del JMB, que son tan jóvenes y arrojados como inexpertos, y que aguardaban su llegada como un regalo providencial, insisten, y a Sánchez Mazas no le queda otra alternativa que aceptar.

En los días que siguen Sánchez Mazas se reúne con representantes de otros grupúsculos de la quinta columna, y una mañana, mientras se dirige al Iberia, un bar del centro cuyo dueño comulga con la causa nacional, lo detienen agentes del SIM. Estamos a 29 de noviembre de 1937; las versiones de lo que a continuación ocurre difieren. Hay quien sostiene que el padre Isidoro Martín, que había sido profesor de Sánchez Mazas en el Real Colegio de María Cristina en El Escorial, intercedió en vano por él ante Manuel Azaña, que también fue alumno suyo en aquella institución. Julián de Zugazagoitia, el mismo a quien acabada la guerra Sánchez Mazas trató sin éxito de librar del pelotón de fusilamiento, afirma que propuso al presidente Negrín canjearlo por el periodista Federico Angulo, y que Azaña le insinuó la conveniencia de cambiar por el escritor unos comprometedores manuscritos suyos que obraban en poder de los facciosos. Otra versión sostiene que Sánchez Mazas ni siquiera llegó a estar en Barcelona, porque después de su paso por la embajada de Chile se refugió en la de Polonia, que fue asaltada, momento en el cual Azorín medió para librarle de una condena a muerte. Incluso hay quien afirma que en realidad Sánchez Mazas fue efectivamente canjeado en el curso de la guerra. Estas dos últimas hipótesis son erróneas; casi con total certeza, las dos primeras no. Sea como fuere, la realidad es que, después de ser detenido por el SIM, Sánchez Mazas fue conducido al barco *Uruguay*, fondeado en el puerto de Barcelona y convertido desde tiempo atrás en cárcel flotante, y posteriormente llevado al Palacio de Justicia, donde fue juzgado junto a otros quintacolumnistas. Durante el juicio se le acusó de ser el jefe supremo de la quinta columna en Barcelona, lo que era falso, y de incitación a la rebelión, lo que era cierto. Sin embargo, y a diferencia de la mayor parte de los demás acusados, Sánchez Mazas no fue condenado a muerte. El hecho es extraño; quizá sólo una nueva intervención in extremis de Indalecio Prieto puede explicarlo.

Concluido el juicio, Sánchez Mazas es devuelto otra vez al *Uruguay*, en una de cuyas celdas pasará los meses siguientes. Las condiciones de vida no son buenas: la comida es escasa; el trato, brutal. También son escasas las noticias que llegan sobre el curso de la guerra, pero conforme ésta avanza incluso los cautivos del *Uruguay* comprenden que la victoria de Franco está cerca. El 24 de enero de 1939, dos días antes de que las tropas de Yagüe entren en Barcelona, le despierta un rumor inusual, y no tarda en advertir el nerviosismo de los carceleros. Por un momento piensa que lo van a poner en libertad; al momento siguiente piensa que van a fusilarlo. La mañana transcurre entre esas alternativas angustiosas. Hacia las tres de la tarde un agente del SIM le ordena salir de la celda y del barco y subir a un autobús aparcado en el muelle, donde le esperan otros catorce presos procedentes del *Uruguay* y de la checa de Vallmajor, y los diecisiete agentes del SIM encargados de su custodia. Entre los presos hay dos mujeres: Sabina González de Carranceja y Juana Aparicio Pérez del Pulgar; también están José María Poblador, dirigente jonsista de primera hora y pieza importante en la intentona golpista de julio del 36, y Jesús Pascual Aguilar, uno de los jefes de la quinta columna barcelonesa. Nadie puede en ese momento saberlo, pero, de todos los presos varones que integran el convoy, al cabo de una semana sólo Sánchez Mazas, Pascual y Poblador permanecerán con vida.

El autobús recorre en silencio Barcelona, convertida por el terror de la desbandada y el cielo invernizo en una desolación fantasmal de ventanas y balcones cerrados a cal y canto y de grandes avenidas cenicientas en las que reina un desorden campamental apenas cruzado por furtivos transeúntes que triscan como lobos por las aceras desventradas con caras de hambre y de preparar la fuga, protegiéndose contra la adversidad y contra el viento glacial con abrigos de miseria. Al salir de Barcelona y tomar la carretera del exilio, el espectáculo se torna apocalíptico: un alud despavorido de hombres y mujeres y viejos y niños, de militares y civiles mezclados, cargados con ropas, colchones y enseres domésticos, avanzando penosamente con sus andares inconfundibles de derrotados o subidos a los carros y los mulos de la desesperación, abarrota la calzada y las cunetas, sembradas a trechos de cadáveres de animales con las tripas al aire o de vehículos desahuciados. La caravana avanza con interminable lentitud. De vez en cuando se detiene; de vez en cuando, con una mezcla de asombro, de odio y de insondable fatiga, alguien mira fijamente a los ocupantes del autobús, envidioso de su comodidad y su abrigo, ignorante de su destino de fusilados; de vez en cuando alguien los insulta. De vez en cuando, también, un avión nacional sobrevuela la carretera y escupe unas ráfagas de ametralladora o deja caer una bomba, provocando una estampida de pánico entre los fugitivos y un amago de esperanza entre los presos del autobús, que en algún momento llegan a abrigar la ilusión –pronto desmentida por la estricta vigilancia a que les someten los agentes del SIM– de aprovechar el caos de un ataque para huir campo a través.

Ya es noche cerrada cuando cruzan Gerona y más tarde Banyoles. Luego se internan por una empinada carretera de tierra que serpentea entre bosques en sombra, y al rato se detienen ante un macizo de piedra punteado de luces, como un descomunal galeón zozobrado en medio de la oscuridad envenenada por las órdenes urgentes de los carceleros. Es el santuario de Santa Maria del Collell. Allí Sánchez Mazas va a pasar cinco días junto a otros dos mil presos llegados de lo que queda de la España republicana, incluidos varios desertores rojos y varios miembros de las Brigadas Internacionales. Antes de la guerra el monasterio era un internado de frailes donde se impartían clases de bachillerato, con aulas de techos altísimos y descomunales cristaleras que daban a patios de tierra y jardines con cipreses, con pasillos profundos y escalinatas de vértigo con pasamanos de madera; ahora el internado ha sido convertido en cárcel, las aulas en celdas, y en los patios, pasillos y escalinatas ya no resuena el guirigay adolescente de los internos, sino las pisadas sin esperanza de los cautivos. El alcaide de la cárcel es un tal Monroy, el mismo que gobernaba con mano de hierro el barco-prisión *Uruguay;* sin embargo, en el Collell el régimen carcelario es menos riguroso: no está prohibido hablar con quienes sirven el rancho ni con quienes uno se tropieza al ir y venir de los lavabos; la comida sigue siendo infecta y escasa, pero de vez en cuando aparece en alguna celda un cigarrillo furtivo, que es ávidamente consumido en grupo. La celda que ocupa Sánchez Mazas se halla en el último piso del antiguo internado, y es luminosa y grande; además de él y de varios brigadistas internacionales que no hablan ninguna lengua inteligible, la ocupan el médico Fernando de Marimón, el capitán de navío Gabriel Martín Morito, el padre Guiu, Jesús Pascual y José María Poblador, que apenas puede caminar porque tiene las piernas enfermas de forúnculos. Al segundo día los brigadistas son puestos en libertad y su lugar lo ocupan presos nacionales capturados en Teruel y Belchite; la celda se llena. De vez en cuando se les permite salir a pasear por el patio o por los jardines; no los vigilan agentes del SIM ni carabineros (aunque unos y otros pululan por el santuario): los vigilan soldados tan desnutridos y harapientos como ellos, que se hacen bromas o canturrean entre dientes canciones de moda mientras patean aburridos las piedras del jardín o les miran indiferentes. Las horas de encierro e inactividad fomentan las cábalas: dada la proximidad de la frontera, y sobre todo a partir del momento en que un jerarca como Sánchez Mazas se sumó a su cuerda de presos, muchos acarician la esperanza de ser canjeados en breve, una hipótesis que pierde fuerza a medida que el tiempo transcurre; esas horas propician también el consuelo de la intimidad. Como si mágicamente previera que va a ser uno de los supervivientes del encierro y el único que años más tarde contará el horror de esas horas supremas en un libro minucioso y maniqueo, Sánchez Mazas intima sobre todo con Pascual, que sólo le conoce de oídas y de leer sus artículos en *F.E.*, y a quien Sánchez Mazas refiere su odisea de la guerra: le habla de la cárcel Modelo, del nacimiento de su hijo Máximo, de los días inciertos que siguieron a la sublevación, de Indalecio Prieto y de la embajada de Chile, de Samuel Ros y *Rosa Krüger*, de su viaje clandestino en un camión de hortalizas por una España enemiga en compañía de un niño bien y de una prostituta, de Barcelona y del JMB y de la quinta columna y de su detención y su juicio y del barco-prisión *Uruguay*.

Al atardecer del día 29, Sánchez Mazas, Pascual y sus compañeros de celda son conducidos a la azotea del monasterio, un lugar que no han pisado nunca y donde se reúnen con otros presos, quinientos en total, tal vez más. Pascual conoce a algunos de ellos, pero apenas puede intercambiar unas pocas palabras con Pedro Bosch Labrús, vizconde de Bosch Labrús, y con el capitán de aviación Emilio Leucona, pues enseguida un carabinero ordena guardar silencio y empieza a dar lectura a una lista de nombres. Porque en su mente vuelve a abrirse paso la esperanza del canje, en cuanto oye el nombre de algún conocido Pascual desea con toda su alma estar incluido en la lista, pero, sin que ninguna razón precisa avale este cambio de parecer, para cuando el carabinero lo pronuncia —poco después del de Sánchez Mazas y justo a continuación del de Bosch Labrús— ya se ha arrepentido de formular ese deseo. Los veinticinco hombres que han sido citados, entre los cuales se hallan todos los que compartían celda con Sánchez Mazas y Pascual, excepto Fernando de Marimón, son conducidos a una celda del primer piso en la que sólo hay algunos pupitres arrimados contra las paredes desconchadas y una pizarra con fechas de efemérides patrióticas garabateadas en tiza. La puerta se cierra tras ellos; se hace un silencio ominoso, roto enseguida por alguien que proclama la inminencia del canje y que consigue distraer la angustia de algunos con la discusión de una conjetura que se desvanece al rato para dejar paso a un pesimismo unánime. Sentado a un pupitre en un extremo de la celda, antes de la cena el padre Guiu confiesa a unos presos, y luego organiza una comunión. Nadie duerme durante la noche: iluminados por la luz gris piedra que entra por el ventanal y que dota a sus caras de una sugestión anticipada de cadáver (aunque conforme pasa el tiempo el gris se espesa y la oscuridad se vuelve real), los presos velan auscultando los ruidos del corredor o buscando el alivio ilusorio de sus recuerdos o de una conversación última. Sánchez Mazas y Pascual están tumbados en el suelo, con la espalda apoyada contra el frío de la pared, con las piernas cubiertas por una manta insuficiente; ninguno de los dos recordará nunca con precisión de qué hablaron durante esa noche brevísima, pero sí los largos silencios que puntuaron su conciliábulo, los susurros de los compañeros y el rumor de sus toses desveladas y de la lluvia cayendo indiferente, asidua, negra y helada sobre las losas del patio y los cipreses del jardín como sigue cayendo mientras el amanecer del 30 de enero cambia lentamente la oscuridad de los ventanales por el color blancuzco de enfermo o de aparecido que tiñe como una premonición la atmósfera de la celda en el momento en que un carcelero les ordena salir.

Nadie ha dormido, todos parecen haber estado esperando aquel momento y, como arrastrados por la urgencia de despejar la incertidumbre, obedecen con diligencia de sonámbulos y se unen en el patio a otro grupo de presos similar al suyo, hasta sumar cincuenta. Aguardan unos minutos, dóciles, silenciosos y empapados, bajo una lluvia fina y un cielo denso de nubes, y al final aparece un hombre joven en cuyos rasgos borrosos reconoce Sánchez Mazas los rasgos borrosos del alcaide del *Uruguay*. Éste les anuncia que van a trabajar en la construcción de un campo de aviación en Banyoles y les ordena formar en diez filas de cinco en fondo; mientras obedece, ocupando sin pensar el primer lugar de la derecha en la segunda fila, Sánchez Mazas siente que el corazón se le desboca: presa del pánico, comprende que lo del campo de aviación sólo puede ser una excusa, pues carece de sentido construirlo con los nacionales a pocos kilómetros y lanzados a una ofensiva definitiva. Empieza a andar a la cabeza del grupo, desquiciado y temblón, incapaz de pensar con claridad, indagando absurdamente en la expresión neutra de los soldados armados que bordean la carretera una señal o una esperanza, buscando en vano convencerse de que al final de ese trayecto no le aguarda la muerte. A su lado o tras él, alguien intenta justificar o explicar algo que no oye o no entiende, porque cada paso que da absorbe toda su atención, como si pudiera ser el último; a su lado o tras él, las piernas enfermas de José María Poblador dicen basta, y el preso se derrumba sobre un charco y es socorrido y arrastrado por dos soldados de vuelta al monasterio. A unos ciento cincuenta metros de éste, el grupo dobla a la izquierda, abandona la carretera y se interna en el bosque por un sendero ascendente de tierra caliza que desemboca en un claro: una alta explanada rodeada de pinos. De la espesura brota entonces una voz militar que les ordena detenerse y dar media vuelta a la izquierda. El terror se apodera del grupo, que se paraliza con una unanimidad de autómata; casi todos sus miembros giran a la izquierda, pero el espanto confunde el instinto de otros que, como el capitán Gabriel Martín Morito, giran a la derecha. Transcurre entonces un instante eterno, durante el cual Sánchez Mazas piensa que va a morir. Piensa que las balas que van a matarlo vendrán de su espalda, que es de donde ha brotado la voz de mando, y que, antes de que muera porque las balas lo alcancen, éstas tendrán que alcanzar a los cuatro hombres que forman tras él. Piensa que no va a morir, que va a escapar. Piensa que no puede escapar hacia su espalda, porque los disparos vendrán de allí; ni hacia su izquierda, porque correría de vuelta a la carretera y los soldados; ni hacia delante, porque tendría que salvar una muralla de ocho hombres despavoridos. Pero (piensa) sí puede escapar hacia la derecha, donde a no más de seis o siete metros un espeso breñal de pinos y maleza promete una posibilidad de esconderse. «Hacia la derecha», piensa. Y piensa: «Ahora o nunca». En ese momento varias ametralladoras emplazadas a espaldas del grupo, justo en la dirección de la que ha surgido la voz de mando, empiezan a barrer el claro; tratando de protegerse, instintivamente los presos buscan el suelo. Para entonces Sánchez Mazas ya ha alcanzado el breñal, corre entre los pinos arañándose la cara y oyendo aún el tableteo sin compasión de las ametralladoras, finalmente da un tropezón providencial que lo arroja, rodando sobre el fango y las hojas mojadas, por el barranco donde se quiebra la explanada, hasta aterrizar en una hoya encharcada en la que desemboca un arroyo. Porque imagina con razón que sus perseguidores le imaginan alejándose cuanto le sea posible de ellos, decide guarecerse allí, relativamente cerca del claro, encogido, jadeante, empapado y con el corazón latiéndole en la garganta, tapándose como puede con hojas y barro y ramas de pino, oyendo los tiros de gracia sobre sus desdichados compañeros de grupo y luego los ladridos acuciantes de los perros y los gritos de los carabineros apremiando a los soldados a dar con el fugitivo o los fugitivos (porque Sánchez Mazas aún ignora que, contagiado por su impulso irracional de huida, también Pascual ha logrado escapar a la matanza). Durante un tiempo que no sabe si computar en minutos o en horas, mientras, para taparse con barro, araña sin descanso la tierra hasta sangrar por las uñas y reflexiona que la lluvia que no cesa de caer impedirá a los perros seguir su rastro, Sánchez Mazas continúa oyendo gritos y ladridos

y disparos, hasta que en algún momento sient
se remueve a su espalda y se vuelve con una ur
alimaña acosada.

Entonces lo ve. Está de pie junto a la hoya, alt   _or-
pulento y recortado contra el verde oscuro de los pinos
y el azul oscuro de las nubes, jadeando un poco, las manos grandes aferradas al fusil terciado y el uniforme de
campaña profuso de hebillas y raído de intemperie. Presa
de la anómala resignación de quien sabe que su hora ha llegado, a través de sus gafas de miope enteladas de agua
Sánchez Mazas mira al soldado que lo va a matar o va a
entregarlo –un hombre joven, con el pelo pegado al crá-
neo por la lluvia, los ojos tal vez grises, las mejillas chupadas y los pómulos salientes– y lo recuerda o cree recor-
darlo entre los soldados harapientos que le vigilaban en el
monasterio. Lo reconoce o cree reconocerlo, pero no le
alivia la idea de que vaya a ser él y no un agente del SIM
quien lo redima de la agonía inacabable del miedo, y lo
humilla como una injuria añadida a las injurias de esos
años de prófugo no haber muerto junto a sus compañeros de cárcel o no haber sabido hacerlo a campo abierto
y a pleno sol y peleando con un coraje del que carece, en
vez de ir a hacerlo ahora y allí, embarrado y solo y tem-
blando de pavor y de vergüenza en un agujero sin digni-
dad. Así, loca y confusa la encendida mente, aguarda
Rafael Sánchez Mazas –poeta exquisito, ideólogo fascista,
futuro ministro de Franco– la descarga que ha de acabar
con él. Pero la descarga no llega, y Sánchez Mazas, como
si ya hubiera muerto y desde la muerte recordara una escena de sueño, observa sin incredulidad que el soldado
avanza lentamente hacia el borde de la hoya entre la lluvia que no cesa y el rumor de acecho de los soldados y
los carabineros, unos pasos apenas, el fusil apuntándole
sin ostentación, el gesto más indagador que tenso, como
un cazador novato a punto de identificar a su primera

103

presa, y justo cuando el soldado alcanza el borde de la hoya traspasa el rumor vegetal de la lluvia un grito cercano:

—¿Hay alguien por ahí?

El soldado le está mirando; Sánchez Mazas también, pero sus ojos deteriorados no entienden lo que ven: bajo el pelo empapado y la ancha frente y las cejas pobladas de gotas la mirada del soldado no expresa compasión ni odio, ni siquiera desdén, sino una especie de secreta o insondable alegría, algo que linda con la crueldad y se resiste a la razón pero tampoco es instinto, algo que vive en ella con la misma ciega obstinación con que la sangre persiste en sus conductos y la tierra en su órbita inamovible y todos los seres en su terca condición de seres, algo que elude a las palabras como el agua del arroyo elude a la piedra, porque las palabras sólo están hechas para decirse a sí mismas, para decir lo decible, es decir todo excepto lo que nos gobierna o hace vivir o concierne o somos o es este soldado anónimo y derrotado que ahora mira a ese hombre cuyo cuerpo casi se confunde con la tierra y el agua marrón de la hoya, y que grita con fuerza al aire sin dejar de mirarlo:

—¡Aquí no hay nadie!

Luego da media vuelta y se va.

Durante nueve días con sus noches del invierno brutal de 1939 Rafael Sánchez Mazas anduvo vagando por la comarca de Banyoles tratando de cruzar las líneas del ejército republicano en retirada y pasar a la zona nacional. Muchas veces pensó que no iba a conseguirlo; solo, sin más recursos que su voluntad de supervivencia, incapaz de orientarse en una zona desconocida y poblada de bosques agrestes y espesísimos, debilitado hasta la extenuación por las caminatas, el frío, el hambre y los tres años ininterrumpidos de cautiverio, muchas veces tuvo que hacer acopio de fuerzas para no dejarse derrotar por el desaliento. Las tres primeras jornadas fueron terribles. Dormía de día y caminaba de noche, evitando la publicidad de las carreteras y los pueblos, mendigando alimento y refugio en las masías, y aunque en ninguna de ellas osó por prudencia revelar su verdadera identidad, sino que se presentaba como un soldado republicano extraviado, y aunque casi todo el mundo al que se lo pedía le daba algo de comer, le permitía descansar un rato y le indicaba sin preguntas cómo seguir su camino, el miedo impidió que alguien lo acogiera bajo su protección. Al amanecer del cuarto día, después de más de tres horas de vagar por bosques a oscuras, Sánchez Mazas divisó a lo lejos una masía. Menos por decisión racional que por puro agotamiento, se dejó caer sobre un lecho de agujas de pino y quedó inmóvil allí, con los ojos cerrados, sintiendo apenas el ruido de su respiración y el perfume de la tierra empapada de rocío. Desde la mañana anterior no había probado bocado, estaba exhausto y se sentía enfermo, porque no había un solo músculo de su cuerpo que no le doliese. Hasta entonces el milagro de haber sobrevivido al fusilamiento y la esperanza del encuentro con los nacionales le habían dotado de una perseverancia y una fortaleza que creía perdidas; ahora comprendió que sus energías se estaban acabando y que, a menos que ocurriera otro milagro o que alguien lo ayudara, muy pronto la aventura iba a tocar a su fin. Al rato, cuando se sintió un poco repuesto y el brillo del sol entre la fronda le infundió una brizna de optimismo, juntando fuerzas se incorporó y echó a andar hacia la masía.

Maria Ferré no iba a olvidar nunca el radiante amanecer de febrero en que por vez primera vio a Rafael Sánchez Mazas. Sus padres estaban en el campo y ella se disponía a echar de comer a las vacas cuando el hombre apareció en el patio —alto, famélico y espectral, con las gafas torcidas y barba de muchos días, con la zamarra y los pantalones agujereados y sucios de tierra y de hierbajos— y le pidió un pedazo de pan. Maria no tuvo miedo. Acababa de cumplir veintiséis años y era una muchacha trigueña, analfabeta y laboriosa para quien la guerra no era más que un confuso rumor de fondo en las cartas que enviaba desde el frente su hermano, y un torbellino sin sentido que dos años atrás se había llevado la vida de un muchacho de Palol de Revardit con el que alguna vez había soñado casarse. Durante ese tiempo su familia no había pasado hambre ni miedo, porque las tierras de labranza que rodeaban la masía y las vacas, cerdos y gallinas que albergaban los establos bastaban y sobraban para alimentarla, y porque, aunque el Mas Borrell, su casa, se hallaba a medio camino entre Palol de Revardit y Cornellà de Terri, los desmanes de los días de la revolución no les habían alcanzado y el desorden de la retirada sólo les enfrentó a algún soldado perdido y sin armas que, más temeroso que amenazante, les pedía algo de comer o les robaba una gallina. Es posible que al principio Sánchez Mazas fuera para Maria Ferré otro más de los muchos desertores que durante aquellos días vagaban por las cercanías, y que por eso no se asustara, pero ella sostuvo siempre que, apenas vio recortarse su figura lastimosa contra la tierra del camino que cruzaba frente al patio, reconoció detrás de los estragos inclementes de tres días de intemperie su porte inconfundible de caballero. Sea o no verdad lo anterior, Maria dispensó al hombre el mismo trato piadoso que a los demás fugitivos.

—No tengo pan —le dijo—. Pero puedo prepararle algo caliente.

Deshecho de gratitud, Sánchez Mazas la siguió hasta

la cocina y, mientras Maria calentaba el perol de la noche anterior —donde en un caldo marrón y sustancioso se veían flotar lentejas y buenos trozos de tocino, butifarra y chorizo acompañados de patatas y verdura—, él se sentó en una banqueta, gozando de la proximidad del fuego y de la dicha anticipada de la comida caliente, se quitó la zamarra, los zapatos y los calcetines empapados, y de golpe notó un dolor ultrajante en sus pies y una fatiga infinita en sus hombros sin carne. Maria le entregó un trapo limpio y unos zuecos, y de reojo le vio secarse el cuello, la cara, el pelo, también los pies y los tobillos, mientras miraba el baile de las llamas entre los troncos con ojos fijos y un poco atónitos, y cuando le entregó la comida le vio devorarla con un hambre de días, en silencio y sin perder apenas sus maneras de hombre criado entre manteles de hilo y cuberterías de plata, que, más por el instinto de la cortesía que por el hábito recién adquirido del miedo, le obligaron a dejar junto al fuego la cuchara y el plato de peltre y a levantarse en cuanto los padres de Maria irrumpieron en la penumbra de la cocina y se quedaron mirándole con una mezcla bovina de pasividad y de recelo. Quizá creyendo que su invitado no entendía el catalán, y equivocándose, Maria le contó en catalán a su padre lo ocurrido; éste pidió a Sánchez Mazas que acabara de comer, sin dejar de mirarlo abandonó junto a un poyo sus enseres de labranza, se lavó las manos en una jofaina, se acercó al fuego. Mientras le sentía hacerlo, Sánchez Mazas rebañó el plato; apaciguada el hambre, acabó de resolverse: comprendía que, si no revelaba su verdadera identidad, tampoco allí tenía la menor posibilidad de que le ofrecieran cobijo, y comprendía también que era preferible el riesgo hipotético de una delación que el riesgo real de una muerte de hambre y de frío.

—Me llamo Rafael Sánchez Mazas y soy el dirigente

de Falange más antiguo de España —dijo por fin al hombre que le escuchaba sin mirarlo.

Sesenta años después, cuando ni sus padres ni Sánchez Mazas vivían para hacerlo, Maria aún recordaba con exactitud esas palabras, quizá porque fue aquélla la primera vez que oyó hablar de Falange, igual que recordaba que a continuación Sánchez Mazas refirió su aventura inverosímil del Collell, habló de su errancia durante los días que la siguieron y, sin dejar de dirigirse al hombre, añadió:

—Usted sabe como yo que los nacionales están a punto de llegar. Es cuestión de días, tal vez de horas. Pero si los rojos me cogen soy hombre muerto. Créame que les agradezco mucho su hospitalidad, y que no quiero abusar de su confianza, pero déme de comer una vez al día lo que acaba de darme su hija, y un lugar abrigado donde pasar la noche, y les estaré eternamente agradecido. Piénselo. Si me hace ese favor yo sabré recompensarle.

El padre de Maria Ferré no tuvo necesidad de pensarlo. Le aseguró que no podía alojarlo en su casa, porque era demasiado arriesgado, pero le propuso una alternativa mejor: pasaría el día en el bosque, en un prado cercano y seguro junto al Mas de la Casa Nova —una masía abandonada por sus propietarios desde el principio de la guerra— y de noche dormiría caliente en un pajar, a unos doscientos metros de la casa, donde ellos se encargarían de que no le faltara comida. A Sánchez Mazas el plan le entusiasmó, cogió la manta y el paquete de comida que le preparó Maria, se despidió de ésta y de su madre y siguió al padre por el camino de tierra que cruzaba frente a la puerta de la casa y discurría luego entre sembrados desde cuya altura podía verse, a través del aire de vidrio de la mañana soleada, la carretera de Banyoles y el valle lleno de masías y más allá el perfil cortante y remoto de los Pirineos. Al rato, después de que el padre de Maria

Ferré le señalara a lo lejos el pajar donde debía pasar la noche, cruzaron un campo abierto y sin cultivar y se detuvieron a la orilla del bosque, justo donde el camino se adelgazaba en un angosto sendero; el hombre le dijo entonces que al final de ese sendero se hallaba el Mas de la Casa Nova e insistió en que no volviera hasta que no hubiera caído la noche. Sánchez Mazas no tuvo tiempo siquiera de expresarle de nuevo su gratitud, porque el hombre dio media vuelta y echó a andar de regreso a Mas Borrell. Obedeciéndole, Sánchez Mazas se internó por un bosque de fresnos, encinas y robles altísimos que apenas dejaban penetrar el sol y se hacía más espeso e intrincado a medida que el sendero bajaba por la ladera de la colina, y ya llevaba caminando el rato suficiente como para que una vocecilla empezara a inyectarle al oído el veneno de la desconfianza cuando desembocó en un claro en el que se erguía el Mas de la Casa Nova. Era una masía de dos plantas, de piedra, con un pozo artesiano y un gran portón de madera; una vez se hubo cerciorado de que llevaba mucho tiempo deshabitada, Sánchez Mazas pensó en forzar alguna entrada e instalarse en ella, pero tras un momento de reflexión optó por seguir las instrucciones del padre de Maria Ferré y buscar el prado que éste le había aconsejado. Lo encontró muy cerca, nada más cruzar el lecho profundo, pedregoso y sin agua de un arroyo bordeado de álamos, y se tumbó allí, entre la alta hierba, bajo el cielo despejado y ejemplarmente azul y el sol deslumbrante que entibiaba el aire frío e inmóvil de la mañana, y aunque tenía todos los huesos molidos y una fatiga sin fin le cerraba los párpados, por vez primera en mucho tiempo se sintió seguro y casi feliz, reconciliado con la realidad, y mientras notaba el peso placentero de la luz en los ojos y la piel y el deslizamiento irrevocable de su conciencia hacia el agua del sueño le afloraron a los labios, como un brote incongruente de aquella imprevis-

ta plenitud, unos versos que ni siquiera recordaba haber
leído:

> *Do not move*
> *Let the wind speak*
> *That is paradise*

Horas más tarde le despertó la ansiedad. El sol brillaba en el centro del cielo, y aunque aún le quedaba una
punzada de dolor en los músculos, el sueño le había
devuelto una parte del ánimo y las fuerzas quemadas
durante los últimos días en la desesperación de aferrarse a
la vida, pero apenas se desembarazó de la manta de Maria
Ferré y oyó en el silencio del prado un rumor multitudi-
nario y remoto de motores en marcha comprendió el
motivo de su desazón. Fue hasta un extremo del prado y
desde allí, emboscado sin necesidad, contempló a lo lejos
el desfile de una larga columna de camiones y soldados
republicanos que invadían la carretera de Banyoles. Aunque en el futuro inmediato volvería a sentir muchas veces
la proximidad amenazante del ejército enemigo, sólo
aquella mañana la percibió como un peligro que lo obligó a regresar a su cama improvisada, recoger la manta y
el paquete de comida y esconderse en la linde del bosque.
Allí, en un refugio construido a base de piedra y ramas
que proyectó aquella misma tarde pero no empezó a
levantar hasta el amanecer siguiente, pasó casi sin mover-
se la mayor parte de los tres días siguientes. Al principio
la construcción del refugio le mantuvo ocupado, pero
luego el tiempo se le iba tendido en el suelo y a ratos durmiendo, recuperando unas fuerzas que, según previó,
podía necesitar en cualquier momento, rebuscando en su
memoria cada instante olvidado de su aventura de guerra
y sobre todo imaginando cómo la contaría una vez que
fuera liberado por los suyos, una liberación que, aunque

la lógica de los hechos imponía que estaba cada vez más próxima, su impaciencia sentía cada vez más lejana. No hablaba con nadie salvo con Maria Ferré o con su padre, con quienes charlaba un rato en el pajar cuando venían a oscuras a traerle la comida, y sólo la noche en que el hombre le permitió entrar en la casa para cenar con ellos habló también con dos desertores republicanos conocidos de la familia, quienes, mientras comían un poco y se calentaban junto al fuego antes de proseguir su camino hacia Banyoles, les informaron de que esa mañana las tropas nacionales habían entrado en Gerona.

El día siguiente transcurrió con normalidad; al otro todo cambió. Como cada mañana, Sánchez Mazas se levantó con el sol, cogió el paquete de comida que le habían traído de Mas Borrell y se encaminó al Mas de la Casa Nova; al cruzar el cauce del arroyo tropezó y cayó. No se hizo daño, pero se rompió las gafas. El hecho, que en circunstancias normales le hubiera contrariado, ahora le desesperó: padecía una aguda miopía, y sin el concurso de los cristales la realidad era sólo un puñado ininteligible de manchas. Sentado en el suelo, con las gafas rotas en las manos, maldijo su torpeza; a punto estuvo de echarse a llorar de rabia. Sobreponiéndose a la adversidad, remontó a gatas el cauce del arroyo, y a tientas y guiándose por la costumbre de los últimos días buscó el refugio del prado.

Fue entonces cuando oyó que le daban el alto. Parándose en seco y levantando instintivamente las manos, distinguió a una distancia como de quince metros, destacándose apenas contra el verde confuso del bosque, tres figuras borrosas que empezaron a avanzar hacia él en actitud de expectativa y acecho. Cuando estuvieron más cerca Sánchez Mazas advirtió que eran soldados republicanos, que eran muy jóvenes, que le apuntaban con dos pistolas del nueve largo, que estaban tan nerviosos y asustados como él, y su aire desharrapado de fugitivos y la disparidad sin disciplina de sus uniformes le hizo suponerlos desertores, pero no le dio tiempo de indagar la forma de averiguarlo porque el que llevaba la voz cantante le sometió a un interrogatorio que se prolongó durante casi media hora de tensión, tanteos y medias palabras, hasta que Sánchez Mazas resolvió que aquel encuentro fortuito, justo después de romperse las gafas, sólo podía ser una jugada favorable del destino y decidió apostar el todo por el todo y reconocer que llevaba seis días vagando por el bosque a la espera de la llegada de los nacionales.

Esta confesión deshizo el equívoco. Porque, aunque la peripecia de los tres soldados no había hecho más que empezar, el propósito que la animaba era idéntico al de Sánchez Mazas. Dos de ellos eran los hermanos Figueras, Pere y Joaquim; el otro se llamaba Daniel Angelats. Pere era el mayor de los tres; también el más capaz y el más inteligente. Aunque en la adolescencia no había conseguido convencer a su padre —un negociante trapacero pero muy respetado en Cornellà de Terri— de que costeara sus estudios de derecho en Barcelona y por ello tuvo que quedarse en el pueblo ayudando a la familia en su pequeño negocio de ajos, desde niño su indiscriminada avidez de lector, alimentada en la biblioteca de la escuela y en el Ateneo Popular, le refinó el entendimiento y le dotó de una cultura muy superior a la del común. El entusiasmo colectivo despertado por la proclamación de la República atrajo su atención hacia la política, pero hasta después de los hechos de octubre del 34 no empezó a militar en Esquerra Republicana de Catalunya, y la sublevación del verano del 36 le sorprendió acabando de cumplir el servicio militar en un cuartel de infantería de Pedralbes, donde el 19 de julio, más temprano de lo habitual, le despertaron con una intempestiva ración de coñac en el desayuno y con el anuncio de que esa mañana iba a desfilar por

Barcelona en honor de la Olimpíada del Pueblo; sin embargo, antes del mediodía ya se había pasado con armas y bagajes, junto con otros soldados de su destacamento, a una columna de obreros anarquistas que en una avenida del centro los conminó a que se uniesen a ellos. Durante toda la tarde y la noche de ese lunes tremendo peleó por las calles para sofocar la rebelión, y en el delirio revolucionario de los días que siguieron, exasperado por las timideces e indecisiones del gobierno de la Generalitat, se sumó al ímpetu libertario de la columna Durruti y partió a la conquista de Zaragoza. No obstante, como ni la borrachera de la victoria sobre los facciosos ni la vehemencia idealista de sus muchas lecturas habían anulado del todo su sentido común de campesino catalán, pronto intuyó su error y, una vez se hubo convencido con los hechos de que era imposible ganar una guerra con un ejército de aficionados entusiastas, a la primera oportunidad ingresó en el ejército regular de la República. Bajo su disciplina combatió en la Ciudad Universitaria de Madrid y en el Maestrazgo, pero a principios de mayo del 38 una bala perdida que le agujereó limpiamente un muslo le deparó una convalecencia de meses, primero en improvisados hospitales de campaña y por fin en el hospital militar de Gerona. Allí, en medio del desorden de fin del mundo que reinaba en la ciudad en los días de la retirada, fue a buscarlo su madre. Aunque acababa de cumplir veinticinco años, Pere Figueras era para entonces un hombre viejo, fatigado y sin ilusiones, un poco sonámbulo, pero ya ni siquiera cojeaba, así que pudo seguir a su madre de vuelta a casa. Para su sorpresa, en Can Pigem les aguardaban, además de sus hermanas, su hermano Joaquim y Daniel Angelats, quienes esa misma mañana habían aprovechado el terror y la confusión sembrados por una bomba caída en la fábrica Grober de Gerona, cerca de la cual se habían detenido a repostar gasolina, para eludir la vigilancia del comisario político de su compañía y huir hacia Cornellà de Terri a través del casco antiguo de la ciudad. Joaquim y Angelats se habían conocido dos años atrás, cuando con apenas diecinueve fueron reclutados y, después de tres meses de instrucción militar en el santuario del Collell, enviados como miembros de la Brigada Garibaldi al frente de Aragón. Su bisoñez les ahorró muchos sinsabores: a ella y a su aire de adolescentes inmaduros para el combate le debieron la fortuna de ser devueltos de inmediato a la retaguardia —primero a Binéfar y más tarde a Barcelona y por fin a Vilanova i la Geltrú, donde se les integró en un batallón de artillería de costas compuesto en su mayor parte por heridos y mutilados y donde durante meses jugaron a la guerra—, pero cuando la República sintió que su destino se jugaba en las playas del Ebro incluso ellos fueron enviados a contener a la desesperada, con sus viejos e ineficientes cañones, la ofensiva nacionalista. Desmoronado el frente, llegó la desbandada: a lo largo del litoral mediterráneo los restos en jirones del ejército republicano se retiraban sin orden en dirección a la frontera, hostigados sin descanso por el fuego de los aviones alemanes y por las continuas maniobras envolventes de Yagüe, Solchaga y Gambara, que encerraban en bolsas sin salida (o sin otra salida que el mar) a cientos de prisioneros aterrados por los alaridos de los regulares. Huérfanos de convicciones políticas, hambrientos, derrotados y hartos de guerra, reacios a la agonía del exilio, persuadidos por la propaganda franquista de que, a menos que tuvieran las manos manchadas de sangre, nada tenían que temer de los vencedores excepto la restauración del orden quebrantado por la República, Figueras y Angelats no tenían a esas alturas otra ambición que conservar el pellejo, eludir la vesania sin límites de los moros y aprovechar la primera distracción de sus mandos para tomar el camino de sus casas y esperar allí a los nacionales.

114

Así lo hicieron. Pero la misma tarde en que llegaron al hogar de los Figueras un hecho los convenció de que aquel caserón situado justo al borde de la carretera de Banyoles y frente a la estación del ferrocarril no era un refugio seguro para desertores. Mientras acosados a preguntas por la familia saciaban su hambre atrasada en compañía de Pere Figueras sin haberse siquiera despojado de sus uniformes de soldados, oyeron un rumor de motores deteniéndose frente a Can Pigem. Según Joaquim Figueras, fue su madre quien, intuyendo el peligro que corrían, los conminó a que subieran al piso de arriba y se escondieran bajo la enorme cama de la habitación de matrimonio. Desde allí oyeron los golpes en la puerta, las voces desconocidas conversando en el comedor recogido de urgencia, y luego el ruido de las botas militares subiendo la escalera y recorriendo el piso de arriba hasta que las vieron entrar en la habitación; eran dos pares: unas, que aguardaban en el dintel, estaban cuarteadas y polvorientas; las otras, viejas pero recién abrillantadas, todavía marciales, taconearon un poco sobre el piso de baldosas hasta que los hermanos Figueras y Angelats, conteniendo la respiración bajo la cama, oyeron que una voz suave y acostumbrada al mando pedía que se le acondicionara la alcoba para pasar la noche. Apenas volvieron a quedarse a solas, los tres desertores tomaron casi sin palabras la única decisión posible e, instintivamente persuadidos de que sólo la rapidez podía contrarrestar la obligada temeridad de la maniobra, salieron de su escondrijo y, sin mirar a nadie y tratando de que la rigidez de sus movimientos no traicionara su prisa, bajaron la escalera, cruzaron la cocina y el patio y la carretera protegidos por el anonimato de sus uniformes, que los confundían y los igualaban con los soldados que en la casa o alrededor de la casa esperaban su turno para comer, o descansaban y acomodaban sus pertrechos con una parsimonia resignada de futuros apátridas.

A partir de esa tarde los hermanos Figueras y Angelats hicieron vida de emboscados. Sin duda para ellos no fue tan dura como para Sánchez Mazas: eran jóvenes, iban armados, conocían la zona, conocían a mucha gente de la zona; además, en cuanto el destacamento republicano abandonó a la mañana siguiente Can Pigem, la madre de los Figueras empezó a proveerles regularmente de comida abundante y de abundantes prendas de abrigo. Pasaban las horas de luz en el bosque, no lejos de Cornellà de Terri ni de la carretera de Banyoles, siempre atentos a los movimientos de tropas que se producían en ella, y de noche dormían en un granero abandonado cerca del Mas de la Casa Nova. Parece increíble que no tropezaran con Sánchez Mazas hasta llevar tres días instalados (el verbo desde luego es excesivo) en los alrededores del Mas de la Casa Nova, pues habían llegado allí el mismo día en que lo hizo él, pero así fue. Sesenta años después tanto Joaquim Figueras como Daniel Angelats aún recordaban con absoluta claridad la mañana en que lo vieron por vez primera, el ruido de ramas quebradas que los alarmó en el silencio del bosque y luego la figura espigada y ciega, con la zamarra de cuello de piel de cordero y las gafas trizadas en la mano, buscando a tientas una salida del cauce pedregoso y enmarañado del riachuelo. También recordaban el momento en que lo detuvieron a punta de pistola y los minutos de interminables tanteos y suspicacias a lo largo de los cuales tanto ellos como Sánchez Mazas —cuya actitud durante esa primera conversación o interrogatorio derivó insensiblemente desde la súplica acobardada y sin honor hasta el aplomo casi paternalista de quien no sólo supera a su interlocutor en edad sino sobre todo en inteligencia y astucia— trataron de averiguar las intenciones del otro, y que, apenas lo hicieron, Sánchez Mazas se identificó, ofreciéndoles una recompensa desorbitada si le ayudaban a cruzar las líneas. Joaquim Figueras y Daniel

Angelats coinciden también en otro punto: en cuanto Sánchez Mazas dijo su nombre, Pere Figueras supo quién era; el hecho, que puede parecer extraño, no es en absoluto inverosímil: desde hacía bastantes años Sánchez Mazas era conocido en toda España como escritor y como político y, aunque Pere Figueras apenas había salido de su pueblo más que para defender a tiros la República, muy bien podía haber visto su nombre y su foto en los periódicos y haber leído artículos suyos. Sea como sea, Pere, que había tomado el mando del trío de soldados sin que nadie se lo diera, le dijo que no podían pasarle al otro lado, pero le ofreció permanecer con ellos hasta que llegasen los nacionales; implícita o explícitamente, el pacto era éste: ahora ellos le protegerían a él con sus armas y su juventud y su conocimiento de la zona y de la gente de la zona, y luego él les protegería a ellos con su autoridad inapelable de jerarca. La oferta era irrechazable, y aunque Joaquim opuso en principio alguna resistencia a cargar en esos días inciertos con un hombre medio ciego y que, caso de ser capturados por los republicanos, podía llevarlos directamente al paredón, al final no tuvo otro remedio que acatar la voluntad de su hermano.

La vida de los tres desertores no varió de forma apreciable a partir de aquel momento, salvo por el hecho de que ahora eran cuatro a comer de lo que les llevaba al bosque la madre de los Figueras y cuatro a dormir en el granero abandonado junto al Mas de la Casa Nova, pues decidieron que era más seguro que Sánchez Mazas no regresara de noche al pajar del Mas Borrell. Curiosamente (o tal vez no: tal vez son los momentos decisivos de la vida los que con mayor voracidad engulle el olvido), ni Joaquim Figueras ni Daniel Angelats conservan un recuerdo demasiado nítido de aquellos días. Figueras, cuya memoria es afilada pero expeditiva y a menudo se pierde en meandros sin dirección, recuerda que el encuentro con

117

Sánchez Mazas les sacó momentáneamente del aburrimiento, porque éste les contó con lujo de detalles y con un tono que en aquel momento le impresionó por su solemnidad y que con el tiempo juzgaba un poco redicho, su aventura de la guerra, pero también recuerda que, una vez hubieron hecho ellos lo propio —de una forma sin duda mucho más sucinta y desordenada y directa—, el tenso e impaciente aburrimiento que habían padecido durante las jornadas anteriores volvió a apoderarse de ellos. O, por lo menos, de él y de Daniel Angelats. Porque lo que Joaquim Figueras recuerda asimismo muy bien es que, mientras él y Angelats volvían a practicar como habían hecho hasta entonces las formas más variadas de matar el tiempo, su hermano Pere y Sánchez Mazas infatigablemente conversaban apoyados contra el tronco de un roble en la linde del bosque. Aún los veía así: indolentes y sin afeitar y muy abrigados, con las rodillas cada vez más altas y la cabeza cada vez más baja a medida que transcurría el tiempo, dándose casi la espalda, fumando picadura o sacando punta a una rama, volviéndose de vez en cuando hacia el otro aunque sin mirarlo y desde luego sin sonreír nunca, como si ninguno de los dos buscara el asentimiento o la persuasión, sino únicamente la certeza de que ninguna de sus palabras iba a perderse en el aire. Nunca supo de qué hablaban, o quizás es que no quiso saberlo; sabía que el tema no era la política ni la guerra; alguna vez sospechó (sin mucho fundamento) que era la literatura. Lo cierto es que Joaquim Figueras, que nunca se había entendido bien con Pere (de quien más de una vez se había burlado en público y a quien siempre había admirado en secreto), advirtió con una secreta punzada de celos que Sánchez Mazas se ganaba en unas pocas horas una intimidad, la de su hermano, a la que él no había tenido acceso en toda su vida. En cuanto a Angelats, cuya memoria es más vacilante que la de Figueras, su testimo-

118

nio no contradice, sin embargo, al de su amigo de entonces y de todavía; si acaso, lo complementa con varios
detalles anecdóticos (Angelats, por ejemplo, recuerda a
Sánchez Mazas escribiendo con un lápiz minúsculo en su
libreta de tapas de color verde oscuro, lo que quizá prue-
ba que el diario del escritor es contemporáneo a los
hechos que narra) y con uno que quizá no lo sea. Como
suele ocurrir con la memoria de algunos ancianos que,
porque están a punto de quedarse sin ella, recuerdan con
mucha más claridad una tarde de su infancia que lo suce-
dido hace unas horas, en este punto concreto la de Angelats abunda en pormenores. Ignoro si el tiempo ha puesto en la escena un barniz novelesco; aunque no puedo
estar seguro de ello, tiendo a creer que no, porque sé que
Angelats es un hombre sin imaginación; tampoco se me
ocurre qué beneficio podría obtener él –un hombre cansado y enfermo, a quien no quedan muchos años de
vida– al inventar una escena así.

La escena es ésta:

En algún momento de la segunda noche que pasaron
los cuatro juntos en el granero, a Angelats lo despertó un
ruido. Se incorporó sobresaltado y vio a Joaquim Figueras durmiendo plácidamente junto a él, entre la paja y las
mantas; Pere y Sánchez Mazas no estaban. Ya iba a levantarse (o quizás a llamar a Joaquim, que era menos cobarde
o más decidido que él) cuando oyó sus voces y comprendió que eso era lo que le había despertado; eran apenas
un susurro, pero le llegaban nítidas en el silencio perfecto del granero, al otro lado del cual, casi a ras de suelo y
junto a la puerta entrecerrada, Angelats distinguió las brasas de dos cigarrillos ardiendo en la oscuridad. Se dijo que
Pere y Sánchez Mazas se habían alejado del lecho de paja
donde dormían los cuatro para fumar sin peligro, preguntándose qué hora sería e imaginando que Pere y Sánchez Mazas llevaban ya mucho rato despiertos y hablan-

do volvió a acostarse, trató de conciliar de nuevo el sueño. No lo consiguió. Desvelado, se aferró al hilo de la conversación de los dos insomnes: al principio lo hizo sin interés, sólo para entretener la espera, pues entendía las palabras que estaba oyendo, pero no su sentido ni su intención; luego la cosa cambió. Angelats oyó la voz de Sánchez Mazas, pausada y profunda, un poco ronca, relatando los días del Collell, las horas, los minutos, los segundos asombrosos que precedieron y siguieron a su fusilamiento; Angelats conocía el episodio porque Sánchez Mazas les había hablado de él la primera mañana en que estuvieron juntos, pero ahora, quizá porque la oscuridad impenetrable del granero y la elección tan cuidadosa de las palabras otorgaban a los hechos un suplemento de realidad, lo oyó como por vez primera o como si, más que oírlo, lo estuviera reviviendo, expectante y con el corazón encogido, quizás un poco incrédulo, porque también por vez primera —Sánchez Mazas había eludido mencionarlo en su primer relato— vio al miliciano de pie junto a la hoya, entre la lluvia, alto y corpulento y empapado, mirando a Sánchez Mazas con sus ojos grises o quizás verdosos bajo el arco doble de las cejas, las mejillas chupadas y los pómulos salientes, recortado contra el verde oscuro de los pinos y el azul oscuro de las nubes, jadeando un poco, las manos grandes aferradas al fusil terciado y el uniforme de campaña profuso de hebillas y raído de intemperie. Era muy joven, oyó Angelats que decía Sánchez Mazas. De tu edad o quizá más joven, aunque tenía una expresión y unos rasgos de adulto. Por un momento, mientras me miraba, creí que sabía quién era; ahora estoy seguro de saberlo. Hubo un silencio, como si Sánchez Mazas aguardara la pregunta de Pere, que no llegó; Angelats divisaba al fondo del granero el brillo de las dos brasas, uno de los cuales se hizo momentáneamente más intenso y alumbró el rostro de Pere con un tenue resplandor rojizo. No era un carabinero ni desde luego un agente del SIM, prosiguió Sánchez Mazas. De haberlo sido, yo no estaría aquí. No: era un simple soldado. Como tú. O como tu hermano. Uno de los que nos vigilaban cuando salíamos a pasear al jardín. Enseguida me fijé en él, y yo creo que él también se fijó en mí, o por lo menos eso es lo que se me ocurre ahora, porque en realidad nunca intercambiamos una sola palabra. Pero me fijé en él, como todos mis compañeros, porque mientras nosotros paseábamos por el jardín él siempre estaba sentado en un banco y tarareando algo, canciones de moda y cosas así, y una tarde se levantó del banco y se puso a cantar *Suspiros de España*. ¿Lo has oído alguna vez? Claro, dijo Pere. Es el pasodoble favorito de Liliana, dijo Sánchez Mazas. A mí me parece muy triste, pero a ella se le van los pies en cuanto oye cuatro notas. Lo hemos bailado tantas veces... Angelats vio que la brasa del cigarrillo de Sánchez Mazas enrojecía y se apagaba bruscamente, y luego oyó que su voz ronca y casi irónica se levantaba en un susurro y reconoció en el silencio de la noche la melodía y la letra del pasodoble, que le dieron unas ganas enormes de llorar porque le parecieron de golpe la letra y la música más tristes del mundo, y también un espejo desolador de su juventud malograda y del futuro de lástima que le aguardaba: «Quiso Dios, con su poder, / fundir cuatro rayitos de sol / y hacer con ellos una mujer, / y al cumplir su voluntad / en un jardín de España nací / como la flor en el rosal. / Tierra gloriosa de mi querer, / tierra bendita de perfume y pasión, / España, en toda flor a tus pies / suspira un corazón. / Ay de mi pena mortal, / porque me alejo, España, de ti, / porque me arrancan de mi rosal». Sánchez Mazas dejó de canturrear. ¿Te la sabes entera?, preguntó Pere. ¿El qué?, preguntó Sánchez Mazas. La canción, contestó Pere. Más o menos, contestó Sánchez Mazas. Hubo otro silencio. Bueno, dijo Pere. Y qué pasó con el soldado. Nada, dijo

Sánchez Mazas. Que en vez de quedarse sentado en el banco, tarareando por lo bajo como siempre, aquella tarde se puso a cantar *Suspiros de España* en voz alta, y sonriendo y como dejándose arrastrar por una fuerza invisible se levantó y empezó a bailar por el jardín con los ojos cerrados, abrazando el fusil como si fuera una mujer, de la misma forma y con la misma delicadeza, y yo y mis compañeros y los demás soldados que nos vigilaban y hasta los carabineros nos quedamos mirándolo, tristes o atónitos o burlones pero todos en silencio mientras él arrastraba sus fuertes botas militares por la gravilla sembrada de colillas y de restos de comida igual que si fueran zapatos de bailarín por una pista impoluta, y entonces, antes de que acabara de bailar la canción, alguien dijo su nombre y lo insultó afectuosamente y entonces fue como si se rompiera el hechizo, muchos se echaron a reír o sonrieron, nos echamos a reír, prisioneros y vigilantes, todos, creo que era la primera vez que me reía en mucho tiempo. Sánchez Mazas se calló. Angelats sintió que Joaquim se revolvía a su lado, y se preguntó si él también estaría escuchando, pero su respiración áspera y regular le hizo descartar enseguida la idea. ¿Eso fue todo?, preguntó Pere. Eso fue todo, contestó Sánchez Mazas. ¿Estás seguro de que era él?, preguntó Pere. Sí, contestó Sánchez Mazas. Creo que sí. ¿Cómo se llamaba?, preguntó Pere. Dijiste que alguien pronunció su nombre. No lo sé, contestó Sánchez Mazas. Quizá no lo oí. O lo oí y lo olvidé enseguida. Pero era él. Me pregunto por qué no me delató, por qué me dejó escapar. Me lo he preguntado muchas veces. Volvieron a callar, y Angelats sintió esta vez que el silencio era más sólido y más largo, y pensó que la conversación había concluido. Me estuvo mirando un momento desde el borde de la hoya, continuó Sánchez Mazas. Me miraba de una forma rara, nunca nadie me ha mirado así, como si me conociera desde hacía mucho tiempo pero en aquel momento fuera incapaz de identificarme y se esforzara por hacerlo, o como el entomólogo que no sabe si tiene delante un ejemplar único y desconocido de insecto, o como quien intenta en vano descifrar en la forma de una nube un secreto invulnerable por fugaz. Pero no: en realidad me miraba de una forma... alegre. ¿Alegre?, preguntó Pere. Sí, dijo Sánchez Mazas. Alegre. No lo entiendo, dijo Pere. Yo tampoco, dijo Sánchez Mazas. En fin, añadió después de otra pausa, no sé. Creo que estoy diciendo tonterías. Debe de ser muy tarde, dijo Pere. Es mejor que intentemos dormir. Sí, dijo Sánchez Mazas. Angelats los sintió levantarse, tumbarse en la paja uno al lado del otro, junto a Joaquim, y los sintió también (o los imaginó) tratando en vano como él de conciliar el sueño, revolviéndose entre las mantas, incapaces de desprenderse de la canción que se les había enredado en el recuerdo y de la imagen de aquel soldado bailándola abrazado a su fusil entre cipreses y prisioneros, en el jardín del Collell.

Eso ocurrió la noche del jueves; al día siguiente llegaron los nacionales. Desde el martes no habían dejado de pasar los últimos convoyes militares ni de oírse las explosiones con que los republicanos —volando puentes, cortando comunicaciones— trataban de protegerse la retirada, y por eso Sánchez Mazas y sus tres compañeros pasaron toda la mañana del viernes vigilando con impaciencia la carretera desde su observatorio en el prado, hasta que poco después del mediodía divisaron a las avanzadillas nacionales. El grupo estalló de alegría. Sin embargo, antes de ir al encuentro de sus libertadores, Sánchez Mazas los convenció de que lo acompañaran hasta Mas Borrell para darle las gracias a Maria Ferré y a su familia, y cuando llegaron a Mas Borrell se encontraron con el padre y la madre de Maria Ferré, pero no con Maria Ferré. Ésta recuerda muy bien que aquel mediodía, desde un lugar no muy alejado de donde estaban Sánchez Mazas y sus compañeros, también había visto pasar a las primeras tropas nacionales y que al rato una vecina vino a decirle de parte de sus padres que volviera a su casa, porque había soldados en ella. Un poco preocupada, Maria echó a andar junto a la vecina, pero se tranquilizó cuando ésta le dijo que los chicos de Can Pigem estaban entre los soldados. Aunque no había cruzado más de cuatro palabras con Pere y con Joaquim, los conocía desde siempre, y apenas vio al pequeño de los Figueras en el patio de la masía, charlando con Angelats, lo reconoció de inmediato. En la cocina estaban Pere y Sánchez Mazas, con sus padres; eufórico, Sánchez Mazas la abrazó, la levantó en vilo, la besó. Luego les contó a los Ferré lo ocurrido durante los días en que no habían tenido noticias de él, se deshizo en palabras de elogio y de gratitud hacia Angelats y los hermanos Figueras, dijo:

—Ahora son mis amigos. —Ni Maria ni Joaquim Figueras lo recuerdan, pero sí Angelats: fue en ese momento cuando, según él, Sánchez Mazas pronunció por vez primera unas palabras que iba a repetir muchas veces en los años que siguieron y que hasta el final de sus vidas resonarían en la memoria de los muchachos que lo ayudaron a sobrevivir con un tintineo aventurero de contraseña secreta—. «Los amigos del bosque». —Y, siempre según Angelats, añadió con alguna solemnidad—: Algún día contaré todo esto en un libro: se titulará *Soldados de Salamina*.

Antes de marcharse les reiteró a los Ferré su eterna gratitud por haberle acogido, les rogó que no dudaran en ponerse en contacto con él siempre que creyeran que podía ayudarles, y a modo de salvoconducto, por si tenían algún problema con las nuevas autoridades, escuetamente relató en un pedazo de papel lo que habían hecho por él. Después se fueron, y desde la puerta del patio Maria y sus padres los vieron alejarse por el camino de tierra en dirección a Cornellà, Sánchez Mazas al frente, erguido como un capitán al mando de los restos ínfimos, exultantes y desastrados de sus tropas victoriosas, Joaquim y Angelats escoltándolo, y Pere un poco más atrás y casi cabizbajo, como si no participara del todo de la alegría de los otros pero batallara con todas las fuerzas que le quedaban por no quedar excluido de ella. Durante los años que siguieron Maria escribió muchas veces a Sánchez Mazas y éste siempre le contestó de su puño y letra. Las cartas de Sánchez Mazas ya no existen, porque Maria, aconsejada por su madre, que por algún motivo temía que pudieran comprometerla, acabó destruyéndolas. En cuanto a sus propias cartas, se las escribía el secretario del Ayuntamiento de Banyoles, y en ellas solicitaba la puesta en libertad de familiares, amigos o conocidos encarcelados, cosa que casi indefectiblemente se le concedía y que durante varios años la envolvió en un halo de santa o de hada madrina de los desesperados de la comarca, cuyas familias acudían a ella en busca de protección para las víctimas indiscriminadas de una posguerra que por entonces nadie podía imaginar que duraría tanto tiempo. Salvo su familia, nadie tampoco sabía que la fuente de aquellos favores no era un amante secreto de Maria, ni un poder sobrenatural que ella había poseído siempre pero no había juzgado oportuno usar hasta entonces, sino un pordiosero fugitivo al que un amanecer había ofrecido un poco de comida caliente y al que, después de aquel mediodía de febrero en que se perdió por el camino de tierra en compañía de los Figueras y de Angelats, nunca volvió a ver en toda su vida.

Sánchez Mazas pasó algún tiempo en Can Pigem a la espera de un transporte que lo devolviera a Barcelona. Fueron días muy felices. Aunque en algunas partes de España la guerra seguía su curso, para él y para sus compañeros había terminado, y el recuerdo terrible de los meses de incertidumbre y cautiverio y de la proximidad de la muerte reforzaban su euforia, igual que lo hacían la anticipación del reencuentro inmediato con su familia y sus amigos y con el nuevo país que él había contribuido decisivamente a forjar. En el afán por congraciarse con las nuevas autoridades —en el afán de las nuevas autoridades por congraciarse con la gente—, aquella comarca de militancia republicana celebró por todo lo alto la entrada de los nacionales con cuchipandas y verbenas populares en las que nunca faltó la presencia de Sánchez Mazas y sus tres compañeros, vestidos todavía con sus uniformes de soldados rojos y armados con sus pistolas del nueve largo, pero sobre todo protegidos por la presencia intimidadora del jerarca, que de forma un tanto irónica pero indefectible los presentaba como su guardia personal. Ese periodo de alegre impunidad terminó para ellos la mañana en que un teniente de regulares irrumpió en Can Pigem con el anuncio de que el coche en el que partía de inmediato hacia Barcelona tenía un asiento libre para Sánchez Mazas. Sin apenas tiempo para despedirse de la familia Figueras y de Angelats, Sánchez Mazas alcanzó a entregarle a Pere la libreta de tapas verdes donde, además del diario de sus días del bosque, había puesto por escrito el vínculo de gratitud que le uniría para siempre a ellos, y Joaquim Figueras y Daniel Angelats recuerdan muy bien que las últimas palabras que le oyeron pronunciar, sacando una mano de despedida por la ventanilla del coche que se alejaba ya por la carretera de Gerona, fueron:

—¡Volveremos a vernos!

Pero Sánchez Mazas se equivocaba: nunca volvió a ver a Pere y Joaquim Figueras, ni a Daniel Angelats. Sin embargo, y aunque él nunca llegó a saberlo, Daniel Angelats y Joaquim Figueras sí volvieron a verle a él.

Ocurrió varios meses más tarde, en Zaragoza. Para entonces Sánchez Mazas era un hombre completamente distinto al que ellos habían conocido. Propulsado por el ímpetu de la liberación, en ese tiempo había desarrollado una actividad sin descanso: había visitado Barcelona, Burgos, Salamanca, Bilbao, Roma, San Sebastián; por todas partes fue objeto de agasajos que festejaban su libertad y su incorporación a la España nacional como un triunfo de valor incalculable para el porvenir de ésta; por todas partes escribió artículos, concedió entrevistas, pronunció conferencias, discursos y alocuciones radiofónicas donde veladamente aludía a episodios de su larga cautividad y donde, con una fe sin fisuras, se ponía al servicio del nuevo régimen. No obstante, desde que al día siguiente de abandonar Can Pigem empezó a frecuentar en Barcelona el despacho de Dionisio Ridruejo, jefe de Prensa y Propaganda de los sublevados, donde de forma asidua se reunían viejos y nuevos camaradas de la Falange intelectual, Sánchez Mazas pudo captar, por encima o por debajo de la atmósfera triunfalista de fraternidad superficial, los recelos y suspicacias que entre los vencedores habían causado la astucia de Franco y tres años de conciliábulos conspirativos en la retaguardia. Pudo captarlo, pero no lo captó o no quiso captarlo. El hecho es explicable: recién recobrada la libertad, Sánchez Mazas lo encontraba todo a pedir de boca, porque no podía imaginar que la realidad de la España de Franco difiriera en un ápice de sus deseos; no era ése el caso de algunos de sus viejos camaradas falangistas. Desde que el 19 de abril de 1937 fue promulgado el Decreto de Unificación, un verdadero golpe de Estado a la inversa (como años más tarde lo llamó Ridruejo) por el que todas las fuerzas políticas que se habían sumado al Alzamiento pasaban a integrarse en un único partido bajo el mando del Generalísimo, la vieja guardia de Falange podía empezar a intuir que la revolución fascista con que había soñado no iba a llegar nunca, porque el cóctel expeditivo de su doctrina —que en una amalgama brillante, demagógica e imposible mezclaba la

127

preservación de ciertos valores tradicionales y la urgencia de cambios profundos en la estructura social y económica del país, el terror de las clases medias ante la revolución proletaria y el irracionalismo vitalista de raíz nietzscheana, que, frente al *vivere cauto* burgués, propugnaba el *vivere pericoloso* romántico–, iba a acabar diluyéndose en un aguachirle gazmoño, previsible y conservador. A la altura de 1937, descabezada por la muerte de José Antonio, domesticada como ideología y anulada como aparato autónomo de poder, Franco podía usar ya la Falange, con su retórica y sus ritos y demás manifestaciones externas fascistas, a la manera de un instrumento para homologar su régimen con la Alemania de Hitler y la Italia de Mussolini (de quienes tanta ayuda había recibido y recibía y esperaba todavía recibir), pero también podía usarla, según había previsto y temido años atrás José Antonio, «como un mero elemento auxiliar de choque, como una guardia de asalto de la reacción, como una milicia juvenil destinada a desfilar ante los fantasmones encaramados en el poder». Todo conspiró en esos años para diluir la Falange primigenia, desde el uso ortopédico que de ella hizo Franco hasta el hecho crucial de que en el curso de la guerra no sólo se sumaron de forma masiva a ella quienes compartían de buen grado su ideario, sino también quienes trataban de esa forma de blindarse de su pasado republicano. Así las cosas, la disyuntiva que tarde o temprano hubieron de afrontar muchos camisas viejas era diáfana: denunciar la flagrante discrepancia entre su proyecto político y el que gobernaba el nuevo estado o convivir con la menor incomodidad posible con esa contradicción y aplicarse a rebañar hasta la más mínima migaja del banquete del poder. Por supuesto, entre esos dos extremos las posturas intermedias fueron casi infinitas; pero lo cierto es que, a despecho de tanta protesta de honestidad inventada a toro pasado, salvo Ridruejo —un hombre que se equivocó muchas veces, pero que siempre fue limpio y valiente y puro en lo puro– casi nadie optó de forma abierta por la primera.

Desde luego, no lo hizo Sánchez Mazas. Ni recién acabada la guerra ni nunca. Pero el 9 de abril de 1939, dieciocho días antes de que Pere Figueras y sus ocho compañeros de Cornellà de Terri ingresaran en la prisión de Gerona y el mismo en que Ramón Serrano Súñer –a la sazón ministro del Interior, cuñado de Franco y principal valedor de los falangistas en el gobierno– organizó y presidió un acto de homenaje a Sánchez Mazas en Zaragoza, éste aún no tenía ningún motivo serio para imaginar que el país que él había aspirado a construir no era el mismo que aspiraba a construir el nuevo régimen; menos aún podía sospechar que Joaquim Figueras y Daniel Angelats estaban también en Zaragoza. De hecho, llevaban apenas un mes en la ciudad, adonde habían sido destinados a cumplir el servicio militar, cuando oyeron en la radio que Sánchez Mazas estaba alojado desde el día anterior en el Gran Hotel y que esa noche iba a pronunciar un discurso ante la plana mayor de la Falange aragonesa. En parte por curiosidad, pero sobre todo llevados por la ilusión de que la influencia de Sánchez Mazas alcanzara para aliviar los rigores de su régimen cuartelario de soldados rasos, Figueras y Angelats se plantaron en el Gran Hotel y le dijeron a un conserje que eran amigos de Sánchez Mazas y que deseaban verle. Figueras aún recuerda muy bien a aquel conserje plácido y adiposo, con su casaca de paño azul con borlas y alamares dorados que brillaban bajo las arañas de cristal del hall, entre el continuo ir y venir de jerarcas uniformados, y sobre todo recuerda su expresión entre zumbona y descreída mientras repasaba la miseria de sus uniformes y su aire irredimible de palurdos. Por fin el conserje les dijo que Sánchez Mazas se hallaba en su habitación, descansando, y que no estaba autorizado a molestarlo ni a dejarles pasar.

—Pero podéis esperarle aquí —los tuteó con un atisbo de crueldad, señalando unas sillas—. Cuando aparezca, rompéis el cordón que formarán los falangistas y le saludáis: si os reconoce, perfecto —haciendo una sonrisita se pasó el dedo índice por el cuello—; pero si no os reconoce...

—Esperaremos —lo atajó el orgullo de Figueras, arrastrando a Angelats hasta una silla.

Aguardaron durante casi dos horas, pero conforme transcurría el tiempo se sintieron más y más intimidados por la advertencia del conserje, por la suntuosidad inaudita del hotel y por la asfixiante parafernalia fascista con que estaba adornado, y cuando acabó de llenarse el hall de saludos castrenses y camisas azules y boinas rojas, Figueras y Angelats ya habían desistido de su intención primera y tomado la decisión de regresar de inmediato al cuartel sin abordar a Sánchez Mazas. No habían salido aún del hall cuando un pasillo de falangistas formados entre la escalinata y la puerta giratoria les cerró el paso y, poco después, les permitió divisar fugazmente y por última vez en sus vidas, deslizándose con impostada marcialidad de condotiero entre un mar de boinas rojas y un bosque de brazos en alto, el perfil inconfundible de judío de aquel hombre ahora prestigiado por la prosopopeya del poder que tres meses atrás, disminuido por los andrajos y los ojos sin gafas, por la fatiga, las privaciones y el miedo, les había suplicado su ayuda en un descampado remoto, y que ya nunca podría devolverles aquel favor de guerra a dos de sus amigos del bosque.

El acto de Zaragoza, durante el cual pronunció el *Discurso del Sábado de Gloria* —en el que, sin duda porque ya barruntaba el peligro de las defecciones, llamaba exasperadamente a sus compañeros falangistas a la disciplina y la ciega obediencia al Caudillo—, fue sólo una más de las numerosas intervenciones públicas de Sánchez Mazas durante esos meses. Fusilados al principio de la guerra Ledesma Ramos, José Antonio y Ruiz de Alda, Sánchez Mazas era el más antiguo falangista vivo; este hecho, sumado a su amistad fraternal con José Antonio y al papel decisivo que había desempeñado en la Falange primitiva, le concedía un enorme ascendiente sobre sus compañeros de partido, y aconsejó a Franco tratarlo con suma consideración, para ganarse su lealtad y para conseguir que limara las asperezas que habían surgido en su relación con los falangistas menos acomodaticios. El punto álgido de esa sencilla pero eficacísima estrategia de captación, en todo semejante a un soborno a base de prebendas y halagos —un procedimiento, vale decir, en cuyo manejo el Caudillo desarrolló una pericia de virtuoso y al que cabe atribuir en parte su interminable monopolio del poder— tuvo lugar en agosto de 1939, cuando, al formarse el primer gobierno de la posguerra, Sánchez Mazas, que ocupaba desde mayo el cargo de delegado nacional de Falange Exterior, fue nombrado ministro sin cartera. No fue ésta, desde luego, una ocupación excluyente, o no se la tomó muy en serio; en cualquier caso, supo ejercerla sin perjuicio alguno de su recobrada vocación de escritor: por aquella época publicaba con frecuencia en periódicos y revistas, acudía a tertulias y daba lecturas públicas de sus textos, y en febrero de 1940 fue elegido miembro de la Real Academia de la Lengua, junto con su amigo Eugenio Montes, como «portavoz de la poesía y el lenguaje revolucionario de la Falange», según declaraba el diario *Abc*. Sánchez Mazas era un hombre vanidoso, pero no tonto, así que su vanidad no superaba a su orgullo: consciente de que su elección como académico obedecía a motivos políticos y no literarios, nunca llegó a leer su discurso de ingreso en la institución. Otros factores debieron de influir en ese gesto, que todo el mundo ha elegido interpretar, no sin algún motivo, como un elegante signo del desdén por las glorias mundanas que mostraba el escritor. Aunque también se haya hecho siempre, resulta en cambio más arriesgado atribuir idéntico significado a uno de los episodios que más contribuyó a dotar a la figura de Sánchez Mazas de la aristocrática aureola de desinterés e indolencia que le rodeó hasta la muerte.

La leyenda, pregonada a los cuatro vientos por fuentes de los signos más diversos, cuenta que un día de finales de julio de 1940, en pleno Consejo de Ministros, Franco, harto de que Sánchez Mazas no acudiera a aquellas reuniones, dijo señalando el asiento siempre vacío del escritor: «Por favor, que quiten de ahí esa silla». Dos semanas más tarde Sánchez Mazas fue destituido, cosa que, siempre según la leyenda, no pareció importarle demasiado. Las causas del cese no están claras. Unos alegan que Sánchez Mazas, cuyo cargo de ministro sin cartera carecía de contenido real, se aburría soberanamente en las reuniones del consejo, porque era incapaz de interesarse por asuntos burocráticos y administrativos, que son los que absorben la mayor parte del tiempo de un político. Otros aseguran que era Franco quien soberanamente se aburría con las eruditas disquisiciones sobre los temas más excéntricos (las causas de la derrota de las naves persas en la batalla de Salamina, digamos; o el uso correcto de la garlopa) que Sánchez Mazas le infligía, y que por eso decidió prescindir de aquel literato ineficaz, estrafalario e intempestivo, que desempeñaba en el gobierno un papel casi ornamental. Ni siquiera falta quien, de forma candorosa o interesada, atribuye la desidia de Sánchez Mazas a su desencanto de falangista fiel a los ideales auténticos del partido. Todos coinciden en que presentó su dimisión en diversas ocasiones, y en que nunca le fue aceptada hasta que sus reiteradas ausencias de las reuniones ministeriales, siempre justificadas con excusas peregrinas, la convirtieron en un hecho. Se mire por donde se mire, para Sánchez Mazas la leyenda es halagadora, pues contribuye a perfilar su imagen de hombre íntegro y reacio a las vanidades del poder. Lo más probable es que sea falsa.

El periodista Carlos Sentís, que fue su secretario personal en aquella época, sostiene que el escritor dejó de asistir a los consejos de ministros simplemente porque dejó de ser convocado a ellos. Según Sentís, ciertas declaraciones inconvenientes o extemporáneas en relación con el problema de Gibraltar, unidas a la inquina que le profesaba el por entonces todopoderoso Serrano Súñer, provocaron su caída en desgracia. Esta versión de los hechos es a mi juicio fiable, no sólo porque Sentís fue la persona más próxima a Sánchez Mazas durante el año exacto que éste duró en el ministerio, sino también porque parece razonable que Serrano Súñer viera en las torpezas de Sánchez Mazas —que había intrigado más de una vez contra él para ganarse el favor de Franco, igual que lo había hecho años atrás contra Giménez Caballero para ganarse el de José Antonio— una excusa perfecta para librarse de quien, en su condición de camisa vieja más antiguo, podía representar una amenaza para su autoridad y erosionar su ascendiente sobre los falangistas ortodoxos y sobre el propio Caudillo. Sentís afirma que, a raíz de su destitución, Sánchez Mazas fue confinado durante meses en su casa de la colonia del Viso —un hotelito en la calle de Serrano que años atrás había comprado con su amigo el comunista José Bergamín y que todavía pertenece a la familia— y privado de su sueldo de ministro. Su situación económica se volvía por momentos desesperada, y en diciembre, cuando levantaron sin explicaciones el confinamiento, decidió viajar a Italia para solicitar ayuda de la familia de su mujer. Al pasar por Barcelona se alojó en casa de Sentís. Éste no guarda una memoria exacta de aquellas jornadas, ni del estado de ánimo de Sánchez

Mazas, pero sí recuerda que el mismo día de Navidad, justo después de la celebración familiar, el escritor recibió una llamada providencial en la que un pariente le comunicaba que su tía Julia Sánchez acababa de fallecer legándole una cuantiosa fortuna que incluía un palacio y varias fincas en Coria, en la provincia de Cáceres.

«Antes eras un escritor y un político, Rafael», le decía por esa época Agustín de Foxá. «Ahora sólo eres un millonario.» Foxá fue escritor y político y millonario, y uno de los pocos amigos que con el tiempo Sánchez Mazas no acabó perdiendo. También fue un hombre ingenioso, que, como suele ocurrir con los ingeniosos, a menudo tenía razón. Es verdad que, después de cobrar la herencia de su tía, Sánchez Mazas ostentó diversos cargos políticos —desde miembro de la Junta Política de Falange hasta procurador en Cortes, pasando por el de presidente del Patronato del Museo del Prado—, pero también es verdad que fueron siempre subalternos o decorativos, que apenas ocuparon su tiempo y que desde mediados de los años cuarenta fue abandonándolos como quien se deshace de un lastre molesto y poco a poco, conforme pasaba el tiempo, desapareciendo de la vida pública. Esto no significa, sin embargo, que Sánchez Mazas fuera en los años cuarenta y cincuenta una suerte de silencioso opositor al franquismo: sin duda despreciaba la chatura y la mediocridad que el régimen le había impuesto a la vida española, pero no se sentía incómodo en él, ni vacilaba en proferir en público los más sonrojantes ditirambos del tirano y hasta, si a mano venía, de su esposa —a quienes en privado despellejaba por su estupidez y mal gusto—, y por supuesto tampoco lamentaba haber contribuido con todas sus fuerzas a encender la guerra que arrasó una república legítima sin conseguir por ello implantar el temible régimen de poetas y condotieros renacentistas con el que había soñado, sino un simple gobierno de pícaros, patanes y meapilas. «Ni me arrepiento ni olvido», escribió famosamente, a mano y a toda página, en el pórtico de *Fundación, hermandad y destino,* un libro donde recopiló algunos de los belicosos artículos de doctrina falangista que en los años treinta publicó en *Arriba* y *F.E.* La frase es de la primavera de 1957; la fecha obliga a la reflexión. Por entonces Madrid vivía aún la resaca de la primera gran crisis interna del franquismo, fruto de una alianza imprevisible, pero en el fondo inevitable, entre dos grupos que Sánchez Mazas conocía muy bien, porque convivía a diario con ellos. Por un lado, la joven intelectualidad izquierdista, parte importante de la cual había surgido de las filas desengañadas de la propia Falange y estaba integrada por vástagos rebeldes de notorias familias del régimen, entre ellos dos de los hijos de Sánchez Mazas: Miguel, el primogénito, uno de los cabecillas de la rebelión estudiantil del 56 –que en febrero de ese año fue encarcelado y poco después partiría hacia un largo exilio–, y Rafael, el predilecto de Sánchez Mazas, que acababa de publicar *El Jarama,* la novela en que cuajaron la estética y las inquietudes de aquellos jóvenes disconformes; por otro lado, unos pocos camisas viejas –entre los cuales figuraba en primer lugar Dionisio Ridruejo, viejo amigo de Sánchez Mazas, que había sido detenido junto al hijo de éste, Miguel, y a otros dirigentes estudiantiles por la algarada antifranquista del año anterior, y que ese mismo año de 1957 fundaba el Partido Social de Acción Democrática, de orientación socialdemócrata–, antiguos falangistas de primera hora que quizá no habían olvidado su pasado político, pero que sin duda se habían arrepentido de él e incluso se estaban lanzando, con más o menos decisión o coraje, a combatir el régimen que habían ayudado a construir. Ni me arrepiento ni me olvido. Como a menudo el énfasis en la lealtad delata al traidor, no falta quien malicia que, si Sánchez Mazas escribía tal cosa en aquel momento, era precisamente porque, como algunos de sus camaradas joseantonianos, ya se había arrepentido —o por lo menos se había arrepentido en parte— y estaba tratando de olvidar —o por lo menos estaba tratando de olvidar en parte—. La conjetura es atractiva, pero falsa; en todo caso, aparte de la secreta actitud desdeñosa con que contemplaba el régimen, ni un solo dato de su biografía la avala. «Si por algo odio a los comunistas, Excelencia», le dijo en una ocasión Foxá a Franco, «es porque me obligaron a hacerme falangista.» Sánchez Mazas nunca hubiera pronunciado esa frase —demasiado irreverente, demasiado irónica—, y menos en presencia del general, pero sin duda vale también para él. Quizá Sánchez Mazas no fue nunca más que un falso falangista, o si se quiere un falangista que sólo lo fue porque se sintió obligado a serlo, si es que todos los falangistas no fueron falsos y obligados falangistas, porque en el fondo nunca acabaron de creer del todo que su ideario fuera otra cosa que un expediente de urgencia en tiempos de confusión, un instrumento destinado a conseguir que algo cambie para que no cambie nada; quiero decir que, de no haber sido porque, como muchos de sus camaradas, sintió que una amenaza real se cernía sobre el sueño de beatitud burguesa de los suyos, Sánchez Mazas nunca se hubiera rebajado a meterse en política, ni se hubiera aplicado a forjar la llameante retórica de choque que debía enardecer hasta la victoria al pelotón de soldados encargados de salvar la civilización. Es un hecho que Sánchez Mazas identificaba con la civilización las seguridades, privilegios y jerarquías de los suyos, y a los falangistas con el pelotón de soldados de Spengler; también lo es que sentía el orgullo de haber formado parte de ese pelotón y, quizás, el derecho a descansar tras haber restaurado jerarquías, seguridades y privilegios. Por eso es dudoso que quisiera olvidar nada, y seguro que de nada se arrepentía.

Así que en rigor no puede afirmarse que durante la posguerra Sánchez Mazas fuera un político; más aventurado parece sostener, como hace el ingenioso Foxá, que tampoco fue un escritor. Porque es cierto que en esos años, conforme disminuía su actividad política, aumentaba la literaria: en las dos décadas que siguieron a la guerra vieron la luz, firmados con su nombre, novelas, relatos, ensayos, adaptaciones teatrales y numerosísimos artículos aparecidos en *Arriba*, en *La Tarde*, en *Abc*. Algunos de estos últimos son excepcionales, joyas de una orfebrería verbal extremadamente refinada, y determinados libros que publicó por entonces, como *La vida nueva de Pedrito de Andía* (1951) y *Las aguas de Arbeloa y otras cuestiones* (1956), figuran entre lo mejor de su obra. Todo eso es cierto, pero también lo es que, aunque entre mediados de los cuarenta y mediados de los cincuenta ocupó un lugar preeminente en la literatura española, nunca se molestó en hacer carrera literaria (un ejercicio que, como el de hacer carrera política, siempre le pareció indigno de caballeros), y que a medida que transcurría el tiempo practicó cada vez con mayor destreza el arte sutil de la ocultación, hasta el punto de que, a partir de 1955 y durante cinco años, firmó sus artículos en *Abc* con tres enigmáticos asteriscos. Por lo demás, su vida social se limitaba a la asidua frecuentación de los pocos amigos que, como Ignacio Agustí o Marino Gómez Santos, habían conseguido sobrevivir a las intemperancias de su carácter y, desde principios de los cincuenta, a la muy ocasional de la tertulia que en el Café Comercial de la glorieta de Bilbao aglutinaba César González-Ruano. Éste, que lo conocía bien, por esa época veía a Sánchez Mazas «como un gran aficionado, como un gentilhombre mayor de las letras, como un gran señor impar que no ha necesitado nunca hacer profesión de sus vocaciones, sino ejercicios de verso y prosa en sus vacaciones».

O sea que, después de todo, es probable que Foxá tuviera razón: desde que acabó la guerra hasta su muerte, quizá Sánchez Mazas no fue esencialmente otra cosa que un millonario. Un millonario sin muchos millones, lánguido y un poco decadente, entregado a pasiones un tanto extravagantes –los relojes, la botánica, la magia, la astrología– y a la no menos extravagante pasión de la literatura. Vivía entre la casona de Coria, donde pasaba largas temporadas haciendo *vie de château,* el hotel Velázquez de Madrid y el chalet de la colonia del Viso, rodeado de gatos, losas de Italia, libros de viajes, cuadros españoles y grabados franceses, con un gran salón presidido por una chimenea francesa y un jardín saturado de rosales. Se levantaba hacia el mediodía y, después de comer, escribía hasta la hora de la cena; las noches, que a menudo se prolongaban hasta el amanecer, las dedicaba a la lectura. Salía poco de casa; fumaba mucho. Es probable que para entonces ya no creyera en nada. También lo es que, en su fuero interno, nunca en su vida haya creído en nada; y, menos que nada, en aquello que defendía o predicaba. Hizo política, pero en el fondo siempre la despreció. Exaltó viejos valores –la lealtad, el coraje–, pero ejerció la traición y la cobardía, y contribuyó como pocos al embrutecimiento que la retórica de Falange hizo de ellos; también exaltó viejas instituciones –la monarquía, la familia, la religión, la patria–, pero no movió un solo dedo para traer un rey a España, ignoró a su familia, de la que a menudo vivió separado, y hubiera cambiado todo el catolicismo por un solo canto de la *Divina Commedia;* en cuanto a la patria, bueno, la patria no se sabe lo que es, o es simplemente una excusa de la pillería o de la pereza. Quienes lo trataron en sus últimos años le recuerdan recordando con frecuencia los avatares de la guerra y el fusilamiento del Collell. «Es increíble lo que se aprende en esos pocos segundos de la ejecución», le dijo en 1959 a un periodista a quien sin embargo no reveló las enseñanzas que le había deparado la inminencia de la muerte. Quizá no era otra cosa que un superviviente, y por eso al final de su vida le gustaba imaginarse como un gran señor otoñal y fracasado, como alguien que, pudiendo haber hecho grandes cosas, no había hecho casi nada. «No he correspondido sino mediocremente a la esperanza y a la ayuda que he recibido», le confesó por esa época a González-Ruano, y años antes un personaje de *La vida nueva de Pedrito de Andía* parece hablar por boca de Sánchez Mazas cuando proclama en su lecho de muerte: «Nunca he podido acabar yo nada en este mundo». De hecho, fue de ese modo, melancólico y derrotado y sin futuro, como a él le gustó preverse desde muy pronto. En julio de 1913, en Bilbao, con apenas diecinueve años, Sánchez Mazas escribió, con el título de «Bajo el sol antiguo», tres sonetos, el último de los cuales dice así:

En mi ocaso de viejo libertino
y de viejo poeta cortesano
pasaría las tardes, mano a mano,
con un beato padre teatino.

Cada vez más gotoso y más católico,
como es guisa de rancio caballero,
mi genio impertinente y altanero
tornárase vidrioso y melancólico.

Y como hallasen para fin de cuento
misas y deudas en mi testamento,
de limosna me harían funerales.

Y la fortuna en su postrer agravio
ciñérame sus lauros inmortales
¡por una Epístola moral a Fabio!

Yo no sé si al final de sus días, cincuenta años después de escribir esas palabras, Sánchez Mazas era un viejo libertino, pero sin duda era un viejo poeta cortesano. Seguía siendo católico, aunque sólo fuera de fachada, y también un rancio caballero. Siempre tuvo un genio impertinente, altanero, vidrioso y melancólico. Murió una noche de octubre de 1966, de un enfisema pulmonar; a sus funerales asistió poca gente. Dejó poco dinero y poca hacienda. Fue un escritor malogrado y por eso no escribió –por eso y porque quizá no era digno de ello– una *Epístola moral a Fabio*. También fue el mejor de los escritores de la Falange: dejó un puñado de buenos poemas y un puñado de buenas prosas, que es mucho más de lo que casi cualquier escritor puede aspirar a dejar, pero también mucho menos de lo que exigía su talento, que siempre estuvo por encima de su obra. Dice Andrés Trapiello que, como tantos escritores falangistas, Sánchez Mazas ganó la guerra y perdió la historia de literatura. La frase es brillante y, en parte, cierta, o por lo menos lo fue, porque durante un tiempo Sánchez Mazas pagó con el olvido su brutal responsabilidad en una matanza brutal; pero también es cierto que, al ganar la guerra, quizá Sánchez Mazas se perdió a sí mismo como escritor: romántico al fin, acaso íntimamente juzgaba que toda victoria está contaminada de indignidad, y lo primero que advirtió en secreto al llegar al paraíso –aunque fuera aquel ilusorio paraíso burgués de ocio, cretona y pantuflas que, como un remedo menesteroso de los viejos privilegios, jerarquías y seguridades, se construyó en sus últimos años– fue que allí se podía vivir, pero no escribir, porque la escritura y la plenitud son incompatibles. Hoy poca gente se acuerda de él, y quizá lo merece. Hay en Bilbao una calle que lleva su nombre.

Tercera parte
Cita en Stockton

Terminé de escribir *Soldados de Salamina* mucho antes de que concluyera el permiso que me habían concedido en el periódico. Salvo a Conchi, con la que salía a cenar un par o tres de veces por semana, en todo ese tiempo apenas vi a nadie, porque me pasaba el día y la noche encerrado en mi cuarto, delante del ordenador. Escribía de forma obsesiva, con un empuje y una constancia que ignoraba que poseía; también sin demasiada claridad de propósito. Éste consistía en escribir una suerte de biografía de Sánchez Mazas que, centrándose en un episodio en apariencia anecdótico pero acaso esencial de su vida —su frustrado fusilamiento en el Collell—, propusiera una interpretación del personaje y, por extensión, de la naturaleza del falangismo o, más exactamente, de los motivos que indujeron al puñado de hombres cultos y refinados que fundaron Falange a lanzar al país a una furiosa orgía de sangre. Por descontado, yo suponía que, a medida que el libro avanzase, este designio se alteraría, porque los libros siempre acaban cobrando vida propia, y porque uno no escribe acerca de lo que quiere, sino de lo que puede; también suponía que, aunque todo lo que con el tiempo había averiguado sobre Sánchez Mazas iba a constituir el núcleo de mi libro, lo que me permitía sentirme seguro, llegaría un momento en que tendría que prescindir de esas andaderas, porque —si es que lo que escribe va a tener verdadero interés— un escritor no escribe nunca acerca de lo que conoce, sino precisamente de lo que ignora.

Ninguna de las dos conjeturas resultó equivocada, pero a mediados de febrero, un mes antes de que concluyera el permiso, el libro estaba terminado. Eufórico, lo leí, lo releí. A la segunda relectura la euforia se trocó en decepción: el libro no era malo, sino insuficiente, como un mecanismo completo pero incapaz de desempeñar la función para la que ha sido ideado porque le falta una pieza. Lo malo es que yo no sabía cuál era esa pieza. Corregí a fondo el libro, reescribí el principio y el final, reescribí varios episodios, otros los cambié de lugar. La pieza, sin embargo, no aparecía; el libro seguía estando cojo.

Lo abandoné. El día en que tomé la decisión salí a cenar con Conchi, que debió de notarme raro, porque me preguntó qué me pasaba. Yo no tenía ganas de hablar de ello (en realidad, tampoco tenía ganas de hablar; ni siquiera de salir a cenar), pero acabé explicándoselo.

—¡Mierda! —dijo Conchi—. Ya te dije que no escribieras sobre un facha. Esa gente jode todo lo que toca. Lo que tienes que hacer es olvidarte de ese libro y empezar otro. ¿Qué tal uno sobre García Lorca?

Pasé las dos semanas siguientes sentado en un sillón, frente al televisor apagado. Que yo recuerde, no pensaba en nada, ni siquiera en mi padre; tampoco en mi primera mujer. Conchi me visitaba a diario: ordenaba un poco la casa, preparaba comida y, cuando yo ya me había metido en la cama, se iba. Lloraba poco, pero no podía evitar hacerlo cuando cada noche, a eso de las diez, Conchi ponía la tele para verse vestida de pitonisa y comentar su programa de la televisión local.

También fue Conchi quien me convenció de que, aunque mi permiso no hubiera acabado y yo no estuviera recuperado del todo, debía volver a mi trabajo en el periódico. Quizá porque llevaba menos tiempo fuera que la vez anterior, o porque mi cara y mi aspecto movían más

144

a la misericordia que al sarcasmo, en esta ocasión el regreso de vacío fue menos humillante, y en la redacción no hubo comentarios irónicos ni nadie preguntó nada, ni siquiera el director; éste, por lo demás, no sólo no me obligó a traerle cafés desde el bar de la esquina (una actividad para la que yo ya venía preparado), sino que ni siquiera me castigó con labores subalternas. Al contrario: como si adivinara que necesitaba airearme un poco, me propuso dejar la sección de cultura y dedicarme a realizar una serie casi diaria de entrevistas a personajes de algún relieve que, sin haber nacido en la provincia, residieran habitualmente en ella. Fue así como, durante varios meses, entrevisté a empresarios, actores, deportistas, poetas, políticos, diplomáticos, picapleitos, vagos.

Uno de mis primeros entrevistados fue Roberto Bolaño. Bolaño, que era escritor y chileno, vivía desde hacía mucho tiempo en Blanes, un pueblo costero situado en la frontera entre Barcelona y Gerona, tenía cuarenta y siete años, un buen número de libros a sus espaldas y ese aire inconfundible de buhonero hippie que aqueja a tantos latinoamericanos de su generación exiliados en Europa. Cuando fui a visitarle acababa de obtener un importante premio literario y vivía con su mujer y su hijo en el Carrer Ample, una calle del centro de Blanes en la que había comprado un piso modernista con el dinero que le habían dado. Allí me recibió aquella mañana, y aún no habíamos cruzado los saludos de rigor cuando me espetó:

—Oye, ¿tú no serás el Javier Cercas de *El móvil* y *El inquilino*?

El móvil y *El inquilino* eran los títulos de los dos únicos libros que yo había publicado, más de diez años atrás, sin que nadie salvo algún amigo de entonces se diera por enterado del acontecimiento. Aturdido o incrédulo, asentí.

—Los conozco —dijo—. Creo que incluso los compré.

—¿Ah, fuiste tú?

145

No hizo caso del chiste.

—Espera un momento.

Se perdió por un pasillo y regresó al rato.

—Aquí están —dijo, blandiendo triunfalmente mis libros.

Hojeé los dos ejemplares, advertí que estaban usados. Casi con tristeza comenté:

—Los leíste.

—Claro —sonrió apenas Bolaño, que no sonreía casi nunca, pero que casi nunca parecía hablar del todo en serio—. Yo leo hasta los papeles que encuentro por las calles.

Ahora fui yo el que sonrió.

—Los escribí hace muchos años.

—No tienes que disculparte —dijo—. A mí me gustaron, o por lo menos recuerdo que me gustaron.

Pensé que se burlaba; levanté la vista de los libros y le miré a los ojos: no se burlaba. Me oí preguntar:

—¿De veras?

Bolaño encendió un cigarrillo, pareció reflexionar un momento.

—Del primero no me acuerdo muy bien —reconoció al cabo—. Pero creo que había un cuento muy bueno sobre un hijo de puta que induce a un pobre hombre a cometer un crimen para poder terminar su novela, ¿verdad? —Sin darme tiempo a asentir de nuevo, añadió—: En cuanto a *El inquilino*, me pareció una novelita deliciosa.

Bolaño pronunció este dictamen con tal mezcla de naturalidad y convicción que de golpe supe que los escasos elogios que habían merecido mis libros eran fruto de la cortesía o la piedad. Me quedé sin habla, y sentí unas ganas enormes de abrazar a aquel chileno de voz escasa, de pelo rizoso, escuálido y mal afeitado, a quien acababa de conocer.

—Bueno —dije—. ¿Empezamos la entrevista?

146

Fuimos a un bar del puerto, entre la lonja y el rompeolas, y nos sentamos junto a un ventanal desde el que se divisaba, a través del aire dorado y frío de la mañana, majestuosamente cruzado de gaviotas, toda la bahía de Blanes, con la dársena en primer plano, poblada de ociosas barcas de pesca, y al fondo el promontorio de La Palomera, que señala la frontera geográfica de la Costa Brava. Bolaño pidió té y tostadas; yo pedí café y agua. Conversamos. Bolaño me contó que ahora las cosas le iban bien, porque sus libros empezaban a darle dinero, pero que durante los últimos veinte años había sido más pobre que una rata. Había dejado de estudiar casi de niño; había desempeñado todo tipo de oficios ocasionales (aunque, aparte de escribir, nunca había tenido un trabajo serio); había hecho la revolución en el Chile de Allende y en el de Pinochet había estado en la cárcel; había vivido en México y en Francia; había viajado por todo el mundo. Años atrás había padecido una operación muy complicada, y desde entonces vivía en Blanes como un asceta, sin otro vicio que escribir y sin ver a nadie salvo a su familia. Casualmente, el día en que entrevisté a Bolaño el general Pinochet acababa de regresar a Chile, aclamado como un héroe por sus partidarios, después de haberse pasado dos años en Londres a la espera de ser extraditado a España y juzgado por sus crímenes. Hablamos del regreso de Pinochet, de la dictadura de Pinochet, de Chile. Como es natural, le pregunté cómo había vivido la caída de Allende y el golpe de Pinochet. Como es natural, me miró con cara de infinito aburrimiento; luego dijo:

—Como una película de los hermanos Marx, sólo que con muertos. Aquello fue un desbarajuste fabuloso. —Sopló un poco el té, bebió un sorbo y volvió a dejar la taza sobre el plato—. Mira, te voy a decir la verdad. Durante años me cagué cada vez que pude en Allende, pensaba que la culpa de todo era suya, por no entregarnos las armas. Ahora me cago en mí por haber dicho eso de Allende. Joder, el cabrón pensaba en nosotros como si fuéramos sus hijos, ¿entiendes? No quería que nos mataran. Y si llega a entregarnos las armas hubiéramos muerto como chinches. En fin —concluyó, tomando otra vez la taza—, supongo que Allende fue un héroe.

—¿Y qué es un héroe?

La pregunta pareció sorprenderle, como si nunca se la hubiese hecho, o como si se la hubiera estado haciendo desde siempre; con la taza en el aire, me miró fugazmente a los ojos, volvió la vista hacia la bahía, por un momento reflexionó; luego se encogió de hombros.

—No lo sé —dijo—. Alguien que se cree un héroe y acierta. O alguien que tiene el coraje y el instinto de la virtud, y por eso no se equivoca nunca, o por lo menos no se equivoca en el único momento en que importa no equivocarse, y por lo tanto no puede *no* ser un héroe. O quien entiende, como Allende, que el héroe no es el que mata, sino el que no mata o se deja matar. No lo sé. ¿Qué es un héroe para ti?

Para entonces ya hacía casi un mes que yo no pensaba en *Soldados de Salamina*, pero en aquel momento no pude evitar el recuerdo de Sánchez Mazas, que no mató nunca y que en algún momento, antes de que la realidad le demostrara que carecía del coraje y del instinto de la virtud, acaso se creyó un héroe. Dije:

—No lo sé. John Le Carré dice que hay que tener temple de héroe para ser una persona decente.

—Sí, pero una persona decente no es lo mismo que un héroe —replicó en el acto Bolaño—. Personas decentes hay muchas: son las que saben decir no a tiempo; héroes, en cambio, hay muy pocos. En realidad, yo creo que en el comportamiento de un héroe hay casi siempre algo ciego, irracional, instintivo, algo que está en su naturaleza y a lo que no puede escapar. Además, se puede ser una persona decente durante toda una vida, pero no se puede ser sublime sin interrupción, y por eso el héroe sólo lo es excepcionalmente, en un momento o, a lo sumo, en una temporada de locura o inspiración. Ahí está Allende, hablando por Radio Magallanes, tumbado en el suelo en un rincón de La Moneda, con la metralleta en una mano y el micrófono en la otra, hablando como si estuviera borracho o como si ya estuviera muerto, sin saber muy bien lo que dice y diciendo las palabras más limpias y más nobles que yo he escuchado nunca... Ahora me acuerdo de otra historia. Ocurrió en Madrid hace tiempo, yo la leí en la prensa. Un muchacho andaba por una calle del centro y de pronto vio una casa envuelta en llamas. Sin encomendarse a nadie entró en la casa y sacó en brazos a una mujer. Volvió a entrar y esta vez sacó a un hombre. Luego entró otra vez y sacó a otra mujer. A esas alturas del incendio ya ni siquiera los bomberos se atrevían a entrar en la casa, era un suicidio; pero el muchacho debía de saber que todavía quedaba alguien adentro, porque entró de nuevo. Y, claro, ya no volvió a salir. —Bolaño se detuvo, con el dedo índice se subió las gafas hasta que la montura rozó las cejas—. Brutal, ¿no? Bueno, pues yo no estoy seguro de que ese muchacho actuase movido por la compasión, o por vete a saber qué buen sentimiento; yo creo que actuaba por una especie de instinto, un instinto ciego que lo superaba, que podía más que él, que obraba por él. Lo más probable es que ese muchacho fuera una persona decente, no digo que no; pero puede no haberlo sido. Chucha, Javier, ni falta que le hacía: el cabrón era un héroe.

Bolaño y yo nos pasamos el resto de la mañana conversando acerca de sus libros, de los autores que le gustaban —que eran muchos— y de los que detestaba —que todavía eran más—. Bolaño hablaba de todos ellos con una extraña pasión helada, que al principio me fascinó y luego me hizo sentir incómodo. Abrevié la entrevista. Cuando ya íbamos a despedirnos, en el paseo del Mar, me propuso comer en su casa, con su mujer y su hijo; mentí: le dije que no podía, porque me esperaban en el periódico. Entonces me invitó a venir a verle algún día; volví a mentir: le dije que lo haría muy pronto.

Una semana después, cuando se publicó la entrevista, Bolaño me telefoneó al periódico. Me dijo que le había gustado mucho. Preguntó:

—¿Estás seguro de que dije todo eso de los héroes?

—Palabra por palabra —contesté, bruscamente suspicaz, imaginando que el elogio inicial era sólo un prólogo a los reproches, conjeturando que Bolaño era uno de esos lenguaraces que atribuyen todos sus deslices verbales a la malicia, el descuido o la frivolidad de los periodistas—. Lo tengo grabado.

—¡Joder, pues la verdad es que está muy bien! —me tranquilizó—. Pero te llamaba por otra cosa. Mañana estaré en Gerona para renovar mi permiso de residencia; una vaina de mierda, que no me llevará mucho rato. ¿Te apetecería que comiéramos juntos?

Yo no había esperado ni la llamada ni la propuesta y, quizá porque me pareció más fácil aceptarla que pretextar un compromiso, acepté, y al día siguiente, cuando llegué al Bistrot, Bolaño ya estaba sentado a una mesa, con una Coca-Cola light en la mano.

—Hacía por lo menos veinte años que no venía por aquí —comentó Bolaño, que el día anterior, por teléfono, me había dicho que, durante la temporada en que había residido en la ciudad, vivía cerca del Bistrot—. Esto ha cambiado un huevo.

Después de hacer el pedido (ensalada y bistec a la plancha para él; mejillones al vapor y conejo para mí), Bolaño volvió a elogiar mi entrevista, habló de las de Capote y de Mailer, bruscamente me preguntó si estaba escribiendo algo. Como nada irrita tanto a un escritor que no escribe como que le pregunten por lo que está escribiendo, un poco molesto contesté:

—No. —Y, porque pensé que, como para todo el mundo, para Bolaño escribir en los periódicos no es escribir, añadí—: Ya no escribo novelas. —Pensé en Conchi y dije—: He descubierto que no tengo imaginación.

—Para escribir novelas no hace falta imaginación —dijo Bolaño—. Sólo memoria. Las novelas se escriben combinando recuerdos.

—Entonces yo me he quedado sin recuerdos. —Tratando de ser ingenioso expliqué—: Ahora soy un periodista; o sea: un hombre de acción.

—Pues es una lástima —dijo Bolaño—. Un hombre de acción es un escritor frustrado. Si don Quijote hubiera escrito un solo libro de caballería nunca hubiera sido don Quijote, y si yo no hubiese aprendido a escribir ahora estaría pegando tiros con las FARC. Además, un escritor de verdad nunca deja de ser un escritor. Aunque no escriba.

—¿Qué te hace pensar que yo soy un escritor de verdad?

—Escribiste dos libros de verdad.

—Juvenalia.

—¿El periódico no cuenta?

—Cuenta. Pero ahí no escribo por placer: sólo para ganarme la vida. Además, no es lo mismo un periodista que un escritor.

—En eso tienes razón —concedió—. Un buen periodista es siempre un buen escritor, pero un buen escritor casi nunca es un buen periodista.

Me reí.

—Brillante, pero falso —dije.

Mientras comíamos Bolaño me habló de la época en que había vivido en Gerona; minuciosamente me contó una interminable noche de febrero en un hospital de la ciudad, el Josep Trueta. Aquella mañana le habían diagnosticado una pancreatitis, y, cuando el médico apareció por fin en su habitación y él pudo preguntarle, sabiendo cuál era la respuesta, si se iba a morir, el médico le acarició un brazo y le dijo que no con la voz con que se dicen siempre las mentiras. Antes de dormirse esa noche, Bolaño sintió una tristeza infinita, no porque supiera que iba a morir, sino por todos los libros que había proyectado escribir y nunca escribiría, por todos sus amigos muertos, por todos los jóvenes latinoamericanos de su generación —soldados muertos en guerras de antemano perdidas— a los que siempre había soñado resucitar en sus novelas y que ya permanecerían muertos para siempre, igual que él, como si no hubieran existido nunca, y luego se durmió y durante toda la noche soñó que estaba en un ring peleando con un luchador de sumo, un oriental gigantesco y sonriente contra el que nada podía y contra el que sin embargo siguió peleando toda la noche hasta que despertó y supo sin que nadie se lo dijera, con una alegría sobrehumana que no había vuelto a experimentar nunca, que no iba a morir.

—Pero a veces pienso que todavía no he despertado —dijo Bolaño pasándose la servilleta por los labios—. A veces pienso que todavía estoy en la cama del Trueta, peleando con el luchador de sumo, y que todo lo que ha pasado en estos años (mi hijo y mi mujer y las novelas que he escrito y los amigos muertos de los que he hablado) lo estoy soñando, y que en algún momento me despertaré y estaré en la lona del ring, asesinado por un oriental muy gordo que sonríe igual que la muerte.

Después de comer Bolaño me pidió que le acompañara a dar una vuelta por la ciudad. Le acompañé: recorrimos el casco antiguo, caminamos por la Rambla, por la plaza de Catalunya, por la del mercado. Al atardecer tomamos café en el bar del hotel Carlemany, muy cerca de la estación, mientras Bolaño esperaba el tren. Fue allí, entre tazas de té y gin-tonics, donde me contó la historia de Miralles. No recuerdo por qué ni cómo llegó hasta ella; recuerdo que habló con un entusiasmo inflexible, con una suerte de jubilosa seriedad, poniendo a disposición del relato toda su erudición militar e histórica, que era abrumadora pero no siempre exacta, porque más tarde, cuando consulté varios libros sobre las operaciones militares de la Guerra Civil y la segunda guerra mundial, descubrí que algunas de las fechas y nombres y circunstancias habían sido modificados por su imaginación o su memoria. El relato, sin embargo, no sólo era verosímil, sino también, en la mayoría de sus pormenores, fiel a los hechos.

Una vez corregidos los pocos datos y fechas que Bolaño había alterado, la historia es ésta:

Bolaño conoció a Miralles en el verano de 1978, en el cámping Estrella de Mar, en Castelldefells. El Estrella de Mar era un cámping de rulots al que cada verano acudía una población flotante compuesta básicamente por miembros del proletariado europeo: franceses, ingleses, alemanes, holandeses, algún español. Bolaño recordaba que, al menos durante el tiempo que pasaba allí, aquella gente era muy feliz; él también se recordaba a sí mismo feliz. Trabajó en el cámping durante cuatro veranos, del año 78 al 81, y a veces también durante los fines de semana de invierno; hizo de basurero, de vigilante nocturno, de todo.

—Fue mi doctorado —me aseguró Bolaño—. Conocí a una fauna humana de lo más variopinta. En realidad, nunca en toda mi vida he aprendido tantas cosas de golpe como allí.

Miralles llegaba cada año a principios de agosto. Bolaño lo recordaba al volante de su rulot, con sus saludos de escándalo, su sonrisa descomunal, su gorra calada y su tremenda barriga de buda, inscribiéndose en el registro del cámping e instalándose de inmediato en el lugar asignado. A partir de aquel momento Miralles no volvía a vestir en todo el mes más que un bañador y unas chanclas de goma y, como andaba todo el día a cuerpo gentil, llamaba inmediatamente la atención, porque su cuerpo era un auténtico compendio de cicatrices: de hecho, todo el costado izquierdo, desde el tobillo hasta el mismo ojo, por el que aún podía ver, era una pura cicatriz. Miralles era catalán, de Barcelona o de los alrededores de Barcelona —Sabadell tal vez, o Terrassa: en todo caso Bolaño recordaba haberle oído hablar en catalán—, pero llevaba muchos años viviendo en Francia y, al decir de Bolaño, se había vuelto totalmente francés: gastaba una ironía bien afilada, sabía comer y beber y le volvía loco el buen vino. De noche se reunía en el bar con sus amigos de cada verano y Bolaño, que en su calidad de vigilante nocturno se sumaba con frecuencia a esas veladas que se prolongaban hasta muy tarde, lo vio emborracharse a menudo, pero nunca volverse agresivo ni pendenciero ni sentimental. Al final de esas noches simplemente necesitaba que alguien le acompañara hasta su rulot, porque ya no era capaz de llegar por sí mismo hasta ella. Bolaño lo hizo muchas veces, y también se quedó muchas veces a solas con él, en el bar, bebiendo hasta muy tarde porque Miralles había derrotado a sus contertulios, y fue en el curso de esas noches interminables y solitarias (nunca le vio hablar de ello ante otras personas) cuando le oyó desplegar una y otra vez su historial de guerra, desplegarlo sin jactancia ni orgullo, con su aprendida ironía de francés adoptivo, como si no le perteneciera a él sino a otra persona, alguien a quien apenas conocía y a quien sin embargo vagamente estimaba. Por eso Bolaño lo recordaba con absoluta precisión.

En el otoño de 1936, pocos meses después de comenzada la guerra en España, Miralles fue reclutado con apenas dieciocho años, y a principios del 37, después de un adiestramiento militar de urgencia, encuadrado en un batallón de la Primera Brigada Mixta del Ejército de la República, que estaba al mando de Enrique Líster. Éste, que había sido comandante de las Milicias Antifascistas Obreras y del Quinto Regimiento, ya era para entonces una leyenda viva. El Quinto Regimiento acababa de disolverse, y la mayoría de los compañeros del batallón de Miralles, que pocos meses atrás, en noviembre, habían sido decisivos para detener a las tropas de Franco a las puertas de Madrid, se habían batido en sus filas. Antes de la guerra Miralles trabajaba de aprendiz de tornero; ignoraba la política: sus padres, gente de condición muy humilde, nunca hablaban de ella; tampoco sus amigos. Sin embargo, apenas llegó al frente se hizo comunista: el hecho de que lo fueran sus compañeros y sus mandos y de que también lo fuera Líster sin duda influyó en su decisión; quizá lo hizo más la certidumbre inmediata de que los comunistas eran los únicos que de verdad estaban dispuestos a plantar cara y ganar la guerra.

—Supongo que era un poco botarate —recordaba Bolaño que le había dicho una noche Miralles, hablando de Líster, a cuyas órdenes hizo toda la guerra—. Pero también quería mucho a sus hombres y era muy valiente, muy español. Un tipo con dos cojones.

—Español de puro bruto —citó Bolaño, sin decirle a Miralles que citaba a César Vallejo, sobre el que por entonces estaba escribiendo una novela chiflada.

Miralles se rió.

—Exacto —convino—. Luego he leído muchas cosas sobre él, contra él en realidad. La mayoría falsas, por lo que yo sé. Supongo que se equivocó en muchas cosas, pero también acertó en muchas otras, ¿no es verdad?

En los primeros días de la guerra Miralles había sentido simpatía por los anarquistas, no tanto por sus confusas ideas o por su ímpetu revolucionario, cuanto porque fueron los primeros en echarse a la calle a pelear contra el fascismo. No obstante, a medida que la contienda avanzaba y los anarquistas sembraban el caos en la retaguardia, esa simpatía se desvaneció: como todos los comunistas —y sin duda esto también contribuyó a acercarle a ellos—, Miralles entendía que lo primero era ganar la guerra; luego ya habría tiempo de hacer la revolución. De modo que, cuando en el verano del 37 la 11.ª División, a la que él pertenecía, liquidó por orden de Líster las colectividades anarquistas de Aragón, a Miralles la operación le pareció brutal, pero no injustificada. Más tarde peleó en Belchite, en Teruel, en el Ebro y, cuando el frente se derrumbó, Miralles se retiró con el ejército hacia Cataluña y a principios de febrero del 39 cruzó la frontera francesa con los otros 450.000 españoles que lo hicieron en los días finales de la guerra. Al otro lado le esperaba el campo de concentración de Argelès, en realidad una playa desnuda e inmensa rodeada por una doble alambrada de espino, sin barracones, sin el menor abrigo en el frío salvaje de febrero, con una higiene de cenagal, donde, en condiciones de vida infrahumanas, con mujeres y viejos y niños durmiendo en la arena moteada de nieve y escarcha y hombres vagando cargados con el peso alucinado de la desesperación y el rencor de la derrota, ochenta mil fugitivos españoles aguardaban el final del infierno.

—Los llamaban campos de concentración —solía decir Miralles—. Pero no eran más que morideros.

Así que, unas semanas después de llegar a Argelès, cuando aparecieron por el campo las banderas de enganche de la Legión Extranjera francesa, sin dudarlo un instante Miralles se alistó en ella. Fue así como llegó al Magreb, a algún punto del Magreb, Túnez o tal vez Argelia, Bolaño no recordaba bien. Allí le sorprendió el inicio de la guerra mundial. Francia cayó en manos de los alemanes en junio del cuarenta, y la mayor parte de las autoridades francesas del Magreb se pusieron del lado del gobierno títere de Vichy. Pero en el Magreb estaba también Leclerc, el general Jacques-Philippe Leclerc. Leclerc se negó a aceptar las órdenes de Vichy y empezó a reclutar cuanta gente pudo con la idea desatinada de cruzar a su mando la mitad de África y alcanzar alguna posesión ultramarina francesa que aceptase la autoridad de De Gaulle, quien desde Londres, igual que él, se había rebelado en nombre de la Francia libre contra Pétain.

–¡Chucha, Javier! –Recostado en una butaca del bar del Carlemany, Bolaño me miraba burlón o incrédulo a través de los gruesos cristales de sus gafas y del humo de su Ducados–. Miralles se pasó toda su vida cagándose en Leclerc y en sí mismo por haberle hecho caso a Leclerc. Porque ni él ni ninguno de los desharrapados a los que Leclerc engañó como a chinos tenían ni idea de dónde se metían. Era un viaje de varios miles de kilómetros a través del desierto, a puro huevo, en condiciones mucho peores que las que había dejado Miralles en Argelès y sin apenas pertrechos. ¡Ríete tú del París-Dakar, que es un puto paseíto de domingo comparado con eso! ¡Hay que tener los cojones cuadrados para hacer una cosa así!

Pero ahí estaban Miralles y su montón de engañados voluntarios reclutados de urgencia por el proselitismo insensato de Leclerc, quienes, después de varios meses de contramarchas suicidas por el desierto, arribaron a la provincia del Chad, en el África Ecuatorial francesa, donde entraron por fin en contacto con la gente de De Gaulle. Poco después de su llegada al Chad, junto a un destacamento inglés procedente de El Cairo y en compañía de otros cinco hombres de la Legión Extranjera al mando del coronel D'Ornano, comandante en jefe de las fuerzas francesas en el Chad, Miralles tomó parte en el ataque al oasis italiano de Murzuch, en Libia sudoccidental. Los seis miembros de la patrulla francesa eran en teoría voluntarios; la realidad es que Miralles nunca hubiera intervenido en esa incursión de no haber sido porque, como en su compañía nadie se presentaba voluntario a ella, se lo jugaron a la taba y Miralles acabó perdiendo. La patrulla de Miralles era sobre todo simbólica, porque, después de la caída de Francia, era la primera vez que un contingente francés tomaba parte en una acción bélica contra una de las potencias del Eje.

—Date cuenta, Javier —acotó Bolaño, un poco perplejo, como reprimiendo la risa, como si él mismo estuviera descubriendo la historia (o el significado de la historia) a medida que la contaba—. Toda Europa dominada por los nazis, y en el culo del mundo, y sin que nadie se enterase, los cuatro putos moros, el puto negro y el cabrón de español que formaban la patrulla de D'Ornano estaban levantando por vez primera en meses la bandera de la libertad. ¡Tiene cojones la cosa! Y ahí estaba Miralles, engañado y por puñetera mala suerte y a lo mejor sin saber para qué estaba ahí. Pero ahí estaba él.

El coronel D'Ornano cayó en Murzuch. Su puesto al mando de las fuerzas del Chad lo cubrió Leclerc, quien, espoleado por el éxito de Murzuch, se lanzó de inmediato contra el oasis de Cufra —el más importante del desierto de Libia, que estaba también en manos italianas— con un puñado de voluntarios de la Legión Extranjera y un puñado de indígenas, con muy pocas armas y muy pocos medios de transporte, y el 1 de marzo de 1942, después de otra marcha de más de mil kilómetros por el desierto, Leclerc y sus hombres tomaron Cufra. Y allí, naturalmente, estaba Miralles. De regreso en el Chad, Miralles gozó de sus primeras semanas de descanso en años, y en algún momento diversos indicios ilusorios le llevaron a imaginar que, después de las gestas de Murzuch y Cufra, durante algún tiempo la guerra iba a quedar bien lejos de él y de sus compañeros. Fue entonces cuando Leclerc tuvo su segunda idea genial en poco tiempo. Convencido con razón de que la suerte de la guerra se estaba jugando en el norte de África, donde el 8.º Ejército de Montgomery combatía contra el Afrika-Korps alemán, decidió tratar de unirse a las tropas inglesas, realizando a la inversa la marcha que, desde el Magreb al Chad, había realizado meses antes. Otras unidades aliadas hicieron por entonces la misma o parecida operación, pero Leclerc carecía por completo de su infraestructura, así que Miralles y los tres mil doscientos hombres que para entonces había conseguido reunir tuvieron que recorrer de nuevo, a pie y en condiciones todavía más precarias que la primera vez, los miles de kilómetros de desierto sin clemencia que los separaban de Trípoli, adonde finalmente llegaron en enero del 43, justo cuando las tropas de Rommel acababan de ser expulsadas de la ciudad por el 8.º de Montgomery. La columna de Leclerc hizo el resto de la campaña de África con ese cuerpo de ejército, de forma que Miralles combatió a los alemanes en la ofensiva contra la Línea Mareth, y más tarde a los italianos en Gabès y Sfax.

Concluida la campaña de África, la columna Leclerc, integrada en el organigrama del ejército aliado, se motorizó, convirtiéndose en la División Acorazada n.º 2 y siendo enviada a Inglaterra para su adiestramiento en el manejo de los tanques americanos, y el 1 de agosto de 1944, casi dos meses después del día D, Miralles desembarcó en la playa de Utah, en Normandía, operando con el Cuerpo de Ejército XV de Hislip. Inmediatamente la columna Leclerc partió hacia el frente, y durante los veintitrés días que para Miralles duró la campaña de Francia no dejó de pelear ni un instante, sobre todo en la región de Sarthe y en los combates que precedieron al aislamiento definitivo de la bolsa de Falaise. Porque la de Leclerc era en aquel momento una unidad muy especial: no sólo era la única división francesa que luchaba en suelo francés (aunque estuviera llena de africanos y de veteranos españoles de la guerra civil; lo proclamaban los nombres de sus tanques: Guadalajara, Zaragoza, Belchite), sino también porque era una división que se nutría exclusivamente de voluntarios, de tal manera que no podía jugar con los recambios de tropas frescas con que jugaba una división normal y, cuando un soldado caía, su puesto quedaba vacante hasta que otro voluntario venía a sustituirlo. Esto explica que, aunque ningún mando sensato mantiene a un soldado más de cuatro o cinco meses en primera línea de comba- te, porque la tensión del frente resulta insoportable, cuan- do Miralles y sus compañeros de la guerra civil pisaron las playas de Normandía llevaran más de siete años peleando sin parar.

Pero la guerra aún no había terminado para ellos. La columna Leclerc fue el primer contingente aliado que entró en París; Miralles lo hizo por la Porte-de-Gentilly la noche del 24 de agosto, apenas una hora después de que, al mando del capitán Dronne, lo hiciera el pri- mer destacamento francés. No habían transcurrido quin- ce días cuando los hombres de Leclerc, integrados ahora en el tercer ejército francés de De Lattre de Tassigny, entraban de nuevo en combate. Las semanas siguientes no les concedieron un instante de tregua: embistieron la línea Sigfried, penetraron en Alemania, llegaron hasta Austria. Allí acabó la aventura militar de Miralles. Allí, una mañana ventosa de invierno que no olvidaría nunca, Miralles (o alguien que estaba junto a Miralles) pisó una mina.

—Se hizo papilla —dijo Bolaño después de hacer una pausa para acabar de beberse el té, que se le había enfriado en la taza—. La guerra en Europa estaba a punto de terminar y, después de ocho años combatiendo, Miralles había visto morir a su alrededor a montones de gente, amigos y compañeros españoles, africanos, franceses, de todas partes. Había llegado su turno... —Bolaño golpeó el brazo de la butaca—. Había llegado su turno, pero el cabrón no se murió. Lo llevaron a la retaguardia hecho mierda y lo recompusieron como Dios les dio a entender. Increíblemente, sobrevivió. Y al cabo de poco más de un año ya tienes a Miralles convertido en ciudadano francés y con una pensión de por vida.

Al terminar la guerra y recuperarse de sus heridas, Miralles se fue a vivir a Dijon, o a algún lugar de los alrededores de Dijon, Bolaño no recordaba bien. En más de una ocasión le preguntó a Miralles por qué se había instalado en Dijon (o en los alrededores de Dijon), y él a veces le contestaba que se había instalado allí como podía haberse instalado en cualquier otra parte, y otras veces le decía que se había instalado allí porque durante la guerra se prometió a sí mismo que, si conseguía sobrevivir, iba a pasarse el resto de su vida bebiendo buen vino, «y hasta hoy he cumplido», añadía palmeándose su desnuda y feliz barriga de buda. Mientras frecuentó a Miralles, Bolaño pensaba que ninguna de esas dos razones era la verdadera; ahora pensaba que tal vez lo eran las dos. Lo cierto es que Miralles se casó en Dijon (o en los alrededores de Dijon) y que en Dijon (o en los alrededores de Dijon) tuvo una hija. Se llamaba María. Bolaño la conoció en el cámping, porque al principio acudía allí cada verano, con su padre: recordaba una chica fina, seria y fuerte, «totalmente francesa», aunque con su padre hablaba siempre un castellano empedrado de erres guturales. Recordaba también que a Miralles, que había enviudado poco después de tenerla, se le caía la baba con ella: era María quien llevaba el gobierno de la casa, quien impartía órdenes que

Miralles obedecía con una especie de pudorosa humildad de veterano acostumbrado a obedecer órdenes, y quien, cuando la conversación con los amigos se prolongaba demasiado en el bar del cámping y a Miralles el vino le empezaba a poner la boca pastosa y a enredarle las frases, le cogía del brazo y se lo llevaba a la rulot, sumiso y trastabillando, con su mirada turbia de bebedor y su sonrisa culpable de padre orgulloso. Lo de María, sin embargo, duró poco tiempo, no más de dos años (dos de los cuatro en que Bolaño trabajó en el cámping), y Miralles empezó a ir solo al Estrella de Mar. Fue a partir de entonces cuando Bolaño y él intimaron de veras; también cuando Miralles empezó a acostarse con Luz. Luz era una prostituta que algunos veranos faenaba por el cámping. Bolaño la recordaba muy bien: morena y corpulenta y bastante joven y guapa, con una generosidad natural y un sentido común imperturbable; quizá sólo ocasionalmente trabajaba de puta, conjeturaba Bolaño.

—Miralles se encoñó de mala manera con ella —añadió—. El cabrón se ponía tristísimo y se emborrachaba a morir cuando no estaba Luz.

Bolaño recordó entonces que una noche del último verano en que estuvo con Miralles, mientras hacía la primera ronda, ya de madrugada, oyó una música muy tenue que llegaba del extremo del cámping, justo al lado de la valla que lo aislaba de un bosque de pinos. Más por curiosidad que para exigir que quitaran la música —sonaba tan baja que no podía estorbar el sueño de nadie—, se acercó sigilosamente y vio a una pareja bailando abrazada bajo la marquesina de una rulot. En la rulot reconoció la rulot de Miralles; en la pareja, a Miralles y a Luz; en la música, un pasodoble muy triste y muy antiguo (o eso es lo que entonces le pareció a Bolaño) que muchas veces le había oído tararear entre dientes a Miralles. Antes de que ellos pudieran advertir su presencia, Bolaño se ocultó tras otra rulot y, durante unos minutos, estuvo observándolos. Bailaban muy erguidos, muy serios, en silencio, descalzos sobre la hierba, envueltos en la luz irreal de la luna y de una vieja lámpara de butano, y a Bolaño le llamó la atención sobre todo el contraste entre la solemnidad de sus movimientos y su atuendo, Miralles en bañador, como siempre, envejecido y ventrudo pero marcando el paso con una segura prestancia de bailarín de barrio, conduciendo a Luz, que, quizá porque vestía una blusa blanca que le llegaba hasta las rodillas y dejaba entrever su cuerpo desnudo, parecía flotar como un fantasma en el frescor de la noche. Bolaño dijo que en aquel momento, espiando detrás de una rulot a aquel viejo veterano de todas las guerras, con el cuerpo cosido a cicatrices y el alma en vilo por una puta ocasional que no sabía bailar un pasodoble, sintió una emoción extraña y, como un reflejo acaso falaz de esa emoción, en un giro de la pareja le pareció divisar un destello en los ojos de Miralles, igual que si en aquel instante se hubiese echado a llorar o intentase en vano contener las lágrimas o llevase mucho rato llorando, y entonces supo o imaginó que su presencia allí tenía algo de obsceno, que le estaba robando aquella escena a alguien y que tenía que marcharse, y supo también, confusamente, que su tiempo en el cámping se había agotado, porque ya había aprendido en él todo lo que podía aprender. Así que encendió un cigarrillo, miró por última vez a Luz y a Miralles bailando bajo la marquesina, dio media vuelta y siguió su ronda.

—Al final de aquel verano me despedí de Miralles hasta el año siguiente, como siempre —dijo Bolaño después de otro largo silencio, como si hablara consigo mismo, o más bien con alguien que estaba escuchándole pero que no era yo. Al otro lado de los ventanales del Carlemany ya era de noche; frente a mí tenía la expresión nublada o ausente de Bolaño y una mesita con varios vasos vacíos y un cenicero rebosante de colillas. Habíamos pedido la cuenta–. Pero yo ya sabía que al año siguiente no volvería al cámping. Y no volví. Tampoco volví a ver a Miralles.

Insistí en acompañar a Bolaño a la estación y, mientras compraba un paquete de Ducados para el viaje, le pregunté si en todos esos años no había vuelto a saber nada de Miralles.

—Nada —contestó–. Le perdí la pista, como a tanta gente. A saber dónde andará ahora. A lo mejor todavía va al cámping; pero no lo creo: tendrá más de ochenta años, y dudo mucho que esté para eso. Quizá siga viviendo en Dijon. O quizás esté muerto, en realidad supongo que es lo más probable, ¿no? ¿Por qué lo preguntas?

—Por nada —dije.

Pero no era verdad. Esa tarde, mientras escuchaba con creciente interés la historia exagerada de Miralles, pensaba que muy pronto iba a leerla en uno de los libros exagerados de Bolaño, pero para cuando llegué a mi casa, después de despedir a mi amigo y de pasear por la ciudad iluminada de farolas y escaparates, quizá llevado por la exaltación de los gin-tonics yo ya había concebido la esperanza de que Bolaño no fuera a escribir nunca esa historia: la iba a escribir yo. Durante toda la noche estuve dándole vueltas al asunto. Mientras preparaba la cena, mientras cenaba, mientras fregaba los platos de la cena, mientras bebía un vaso de leche mirando sin ver la televisión, imaginé un principio y un final, organicé episodios, inventé personajes, mentalmente escribí y reescribí muchas frases. Tumbado en la cama, desvelado y a oscuras (sólo los números del despertador digital ponían un resplandor rojo en la cerrada tiniebla del dormitorio), la cabeza me hervía, y en algún momento, de forma inevitable, porque la edad y los fracasos imprimen prudencia, traté de refrenar el entusiasmo recordando mi último descalabro. Fue entonces cuando lo pensé. Pensé en el fusilamiento de Sánchez Mazas y en que Miralles había sido durante toda la guerra civil un soldado de Líster, en que había estado con él en Madrid, en Aragón, en el Ebro, en la retirada de Cataluña. «¿Por qué no en el Collell?», pensé. Y en aquel momento, con la engañosa pero aplastante lucidez del insomnio, como quien encuentra por un azar inverosímil y cuando ya había abandonado la búsqueda (porque uno nunca encuentra lo que busca, sino lo que la realidad le entrega) la pieza que faltaba para que un mecanismo completo pero incapaz desempeñe la función para la que ha sido ideado, me oí murmurar en el silencio sin luz del dormitorio: «Es él».

Salté de la cama, descalzo y de tres zancadas fui al comedor, descolgué el teléfono, marqué el número de Bolaño. Estaba aguardando respuesta cuando vi que el reloj de pared marcaba las tres y media; dudé un momento; luego colgué.

Creo que hacia el amanecer conseguí dormirme. Antes de las nueve telefoneé de nuevo a Bolaño. Me contestó su mujer: Bolaño todavía estaba en la cama. No conseguí hablar con él hasta las doce, desde el periódico. Casi a bocajarro le pregunté si tenía intención de escribir sobre Miralles; me dijo que no. Luego le pregunté si alguna vez le había oído mencionar a Miralles el santuario del Collell; Bolaño me hizo repetir el nombre.

—No —dijo por fin—. No que yo recuerde.

—¿Y el de Rafael Sánchez Mazas?

—¿El escritor?

—Sí —dije—. El padre de Ferlosio. ¿Lo conoces?

—He leído alguna cosa suya, bastante buena, por cierto. ¿Pero por qué iba a mencionarlo Miralles? Nunca hablé con él de literatura. Y, además, ¿a qué viene este interrogatorio?

Ya iba a contestarle con una evasiva cuando reflexio-

ɔ que sólo a través de Bolaño podía llegar a
revemente se lo expliqué.

cha, Javier! —exclamó Bolaño—. Ahí tienes una
onuda. Ya sabía yo que estabas escribiendo.

—No estoy escribiendo. —Contradictoriamente añadí—: Y no es una novela. Es una historia con hechos y personajes reales. Un relato real.

—Da lo mismo —replicó Bolaño—. Todos los buenos
relatos son relatos reales, por lo menos para quien los lee,
que es el único que cuenta. De todos modos, lo que no
entiendo es cómo puedes estar tan seguro de que Miralles
es el miliciano que salvó a Sánchez Mazas.

—¿Quién te ha dicho que lo esté? Ni siquiera estoy
seguro de que estuviera en el Collell. Lo único que digo
es que Miralles pudo estar allí y que, por tanto, pudo ser
el miliciano.

—Pudo serlo —murmuró Bolaño, escéptico—. Pero lo
más probable es que no lo sea. En todo caso...

—En todo caso se trata de encontrarlo y de salir de
dudas —le corté, adivinando el final de su frase: «... si no
es él, te inventas que es él»—. Para eso te llamaba. La pregunta es: ¿tienes alguna idea de cómo localizar a Miralles?

Resoplando, Bolaño me recordó que hacía veinte
años que no veía a Miralles, y que no conservaba ninguna amistad de entonces, alguien que pudiera... Se detuvo
en seco y, sin mediar explicación, me pidió que aguardara un momento. Aguardé. El momento se prolongó tanto
que pensé que Bolaño había olvidado que yo le esperaba
al teléfono.

—Estás de suerte, huevón —le oí al cabo. Luego me
dictó un número de teléfono—. Es el del Estrella de Mar.
Ya ni me acordaba de que lo tenía, pero guardo todas
mis agendas de aquellos años. Llama y pregunta por
Miralles.

—¿Cuál era su nombre de pila?

166

–Antoni, creo. O Antonio. No lo sé. Todo el mundo le llamaba Miralles. Llama y pregunta por él: en mi época llevábamos un registro con el nombre y la dirección de la gente que había pasado por el cámping. Seguro que ahora hacen lo mismo... Si es que el Estrella de Mar existe todavía, claro.

Colgué. Descolgué. Marqué el número de teléfono que me había facilitado Bolaño. El Estrella de Mar todavía existía, y ya había abierto sus puertas para la temporada de verano. Pregunté a la voz femenina que me atendió si una persona llamada Antoni o Antonio Miralles estaba instalada en el cámping; tras unos segundos, durante los cuales oí un teclear remoto de dedos veloces, me dijo que no. Expliqué el caso: necesitaba con urgencia las señas de esa persona, que había sido un cliente asiduo del Estrella de Mar hacía veinte años. La voz se endureció: aseguró que no era norma de la casa dar las señas de los clientes y, mientras yo oía de nuevo el teclear nervioso de los dedos, me informó de que dos años atrás habían informatizado el archivo del cámping, conservando únicamente los datos relativos a los ocho últimos años. Insistí: dije que quizá Miralles había seguido acudiendo hasta entonces al cámping. «Le aseguro que no», dijo la chica. «¿Por qué?», dije yo. «Porque no figura en nuestro archivo. Acabo de comprobarlo. Hay dos Miralles, pero ninguno de ellos se llama Antonio. Ni Antoni.» «¿Alguno de ellos se llama María?» «Tampoco.»

Esa mañana, excitadísimo y muerto de sueño, le conté a Conchi, mientras comíamos en un self-service, la historia de Miralles, le expliqué el error de perspectiva que había cometido al escribir *Soldados de Salamina* y le aseguré que Miralles (o alguien como Miralles) era justamente la pieza que faltaba para que el mecanismo del libro funcionara. Conchi dejó de comer, entrecerró los párpados y dijo con resignación:

—¡A buena hora cagó Lucas!

—¿Lucas? ¿Quién es Lucas?

—Nadie —dijo—. Un amigo. Cagó después de muerto y se murió por no cagar.

—Conchi, por favor, que estamos comiendo. Además, ¿qué tiene que ver ese Lucas con Miralles?

—A ratos me recuerdas a Cerebro, chato —suspiró Conchi—. Si no fuera porque sé que eres un intelectual, diría que eres tonto. ¿No te dije desde el principio que lo que tenías que hacer era escribir sobre un comunista?

—Conchi, me parece que no has entendido bien lo que...

—¡Claro que he entendido bien! —me interrumpió—. ¡La de disgustos que nos hubiéramos ahorrado si me llegas a hacer caso desde el principio! ¿Y sabes lo que te digo?

—¿Qué? —dije, sin tenerlas todas conmigo.

La cara de Conchi se iluminó de golpe: miré su sonrisa sin miedo, su pelo oxigenado, sus ojos muy abiertos, muy alegres, muy negros. Conchi levantó su vaso de vino peleón.

—¡Que nos va a salir un libro que te cagas!

Hicimos chocar los vasos, y por un momento sentí la tentación de alargar el pie y comprobar si se había puesto bragas; por un momento pensé que estaba enamorado de Conchi. Prudente y feliz, dije:

—Todavía no he encontrado a Miralles.

—Lo encontraremos —dijo Conchi, con absoluta convicción—. ¿Dónde te dijo Bolaño que vivía?

—En Dijon —dije—. O en los alrededores de Dijon.

—Pues por ahí hay que empezar a buscar.

Por la noche llamé al servicio de información internacional de Telefónica. La operadora que me atendió dijo que ni en la ciudad de Dijon ni en todo el departamento 21, al que pertenece Dijon, había nadie llamado Antoni o Antonio Miralles. Pregunté entonces si había alguna María Miralles; la operadora me dijo que no. Pregunté si había algún Miralles; con sorpresa le oí decir que había cinco: uno en la ciudad de Dijon y cuatro en pueblos del departamento: uno en Longuic, otro en Marsannay, otro en Nolay y otro en Genlis. Le pedí que me diera sus nombres y sus números de teléfono. «Imposible», me dijo. «Sólo puedo darle un nombre y un número por llamada. Tendrá que llamar otras cuatro veces para que le demos los cuatro que faltan.»

Durante los días que siguieron telefoneé al Miralles que vivía en Dijon (Laurent se llamaba) y a los cuatro restantes, que resultaron llamarse Laura, Danielle, Jean-Marie y Bienvenido. Dos de ellos (Laurent y Danielle) eran hermanos, y todos excepto Jean-Marie hablaban correctamente el castellano (o lo chapurreaban), porque procedían de familias de origen español, pero ninguno tenía el menor parentesco con Miralles y ninguno había oído hablar nunca de él.

No me rendí. Quizá llevado por la ciega seguridad que me había inculcado Conchi, telefoneé a Bolaño. Le puse al corriente de mis pesquisas, le pregunté si se le ocurría alguna otra pista por donde seguir buscando. No se le ocurría ninguna.

—Tendrás que inventártela —dijo.

—¿Qué cosa?

—La entrevista con Miralles. Es la única forma de que puedas terminar la novela.

Fue en aquel momento cuando recordé el relato de mi primer libro que Bolaño me había recordado en nuestra primera entrevista, en el cual un hombre induce a otro a cometer un crimen para poder terminar su novela, y creí entender dos cosas. La primera me asombró; la segunda no. La primera es que me importaba mucho menos terminar el libro que poder hablar con Miralles; la segunda es que, contra lo que Bolaño había creído hasta entonces (contra lo que yo había creído cuando escribí mi primer libro), yo no era un escritor de verdad, porque de haberlo sido me hubiera importado mucho menos poder hablar con Miralles que terminar el libro. Renunciando a recordarle de nuevo a Bolaño que mi libro no quería ser una novela, sino un relato real, y que inventarme la entrevista con Miralles equivalía a traicionar su naturaleza, suspiré:

—Ya.

La respuesta era lacónica, no afirmativa; no lo entendió así Bolaño.

—Es la única forma —repitió, seguro de haberme convencido—. Además, es la mejor. La realidad siempre nos traiciona; lo mejor es no darle tiempo y traicionarla antes a ella. El Miralles real te decepcionaría; mejor invéntatelo (seguro que el inventado es más real que el real.) A éste ya no vas a encontrarlo. A saber dónde andará: estará muerto, o en un asilo, o en casa de su hija. Olvídate de él.

—Lo mejor será que nos olvidemos de Miralles —le dije esa noche a Conchi, después de haber sobrevivido a un viaje escalofriante hasta su casa de Quart y a un revolcón de urgencia en la sala, bajo la mirada devota de la Virgen de Guadalupe y la mirada melancólica de los dos ejemplares de mis libros que la escoltaban—. A saber dónde andará: estará muerto, o en un asilo, o en casa de su hija.

—¿Has buscado a su hija? —preguntó Conchi.

—Sí. Pero no la he encontrado.

Nos miramos un segundo, dos, tres. Luego, sin mediar palabra, me levanté, fui hasta el teléfono, marqué el número del servicio de información internacional de Telefónica. Le dije a la operadora (creo que reconocí su voz; creo que ella reconoció la mía) que estaba buscando a una persona que vivía en una residencia de ancianos de Dijon y le pregunté cuántas residencias de ancianos había en Dijon. «Uf», dijo tras una pausa. «Un montón.» «¿Cuántas son un montón?» «Treinta y pico. Tal vez cuarenta.» «¡Cuarenta residencias de ancianos!» Miré a Conchi, que, sentada en el suelo, apenas cubierta con una camiseta, se aguantaba la risa. «¿Es que en esa ciudad no hay más que viejos?» «El ordenador no aclara si son de ancianos», puntualizó la operadora. «Sólo dice que son residencias.» «¿Y entonces cuántas hay en el departamento?» Tras otra pausa dijo: «Más del doble». Con ligero pero apreciable retintín añadió: «Sólo puedo darle un número por llamada. ¿Empiezo a dictárselos por orden alfabético?». Pensé que ése era el final de mi búsqueda: cerciorarme de que Miralles no vivía en ninguna de esas ochenta y pico residencias podía llevarme meses y podía arruinarme, sin contar con que no tenía el menor indicio de que viviese en cualquiera de ellas, y menos aún de que fuese él el soldado de Líster que yo andaba buscando. Miré a Conchi, que me miraba con ojos interrogantes, las manos tamborileando de impaciencia sobre las rodillas desnudas; miré mis libros junto a la imagen de la Virgen de Guadalupe y, no sé por qué, pensé en Daniel Angelats. Entonces, como si estuviera vengándome de alguien, dije: «Sí. Por orden alfabético».

Fue así como empezó una peregrinación telefónica, que iba a durar más de un mes de conferencias cotidianas, primero por las residencias de la ciudad de Dijon y luego por las de todo el departamento. El procedimiento era siempre el mismo. Llamaba al servicio de información internacional, pedía el nombre y el número de teléfono siguientes de la lista (Abrioux, Bagatelle, Cellerier, Chambertin, Chanzy, Éperon, Fontainemont, Kellerman, Lyautey fueron los primeros), llamaba a la residencia, preguntaba a la operadora de la centralita por

Monsieur Miralles, me contestaban que allí no había ningún Monsieur Miralles, volvía a llamar al servicio de información internacional, pedía otro número de teléfono y así hasta que me cansaba; y al otro día (o al otro, porque a veces no encontraba tiempo o ganas de encerrarme en esa ruleta obsesiva) volvía a la carga. Conchi me ayudaba; por fortuna: ahora pienso que, de no haber sido por ella, hubiera abandonado muy pronto la búsqueda. Llamábamos a ratos perdidos, casi siempre a escondidas, yo desde la redacción del periódico y ella desde el estudio de televisión. Luego, cada noche, discutíamos las incidencias de la jornada e intercambiábamos los nombres de las residencias descartadas, y en esas discusiones comprendí que aquella monotonía de llamadas diarias en busca de un hombre a quien no conocíamos y de quien ni siquiera sabíamos que estaba vivo era para Conchi una aventura inesperada y excitante; en cuanto a mí, contagiado por el ímpetu detectivesco y la convicción sin matices de Conchi, al principio puse manos a la obra con entusiasmo, pero para cuando hube registrado las treinta primeras residencias empecé a sospechar que lo hacía más por inercia o por testarudez (o por no decepcionar a Conchi) que porque todavía albergase alguna esperanza de encontrar a Miralles.

Pero una noche ocurrió el milagro. Yo había terminado de redactar un suelto y estábamos cerrando la edición del periódico cuando inicié mi ronda de llamadas marcando el número de la Résidence de Nimphéas, de Fontaine-Lès-Dijon, y, apenas pregunté por Miralles, en vez de con la acostumbrada negativa la operadora de la centralita me contestó con un silencio. Creí que había colgado, y ya me disponía también a hacerlo yo, rutinariamente, cuando me frenó una voz masculina.

—*Aló?*

Repetí la pregunta que acababa de hacerle a la operadora y que llevábamos más diez días de periplo insensato haciendo por todas las residencias del departamento 21.

—Miralles al aparato —dijo el hombre en castellano: la sorpresa no me dejó caer en la cuenta de que mi francés rudimentario me había delatado—. ¿Con quién hablo?

—¿Es usted Antoni Miralles? —pregunté con un hilo de voz.

—Antoni o Antonio, da igual —dijo—. Pero llámeme Miralles; todo el mundo me llama Miralles. ¿Con quién hablo?

Ahora me parece increíble, pero, sin duda porque en el fondo nunca creí que acabaría hablando con él, yo no había preparado la forma en que me presentaría a Miralles.

—Usted no me conoce, pero hace mucho tiempo que le busco —improvisé, notando un latido en la garganta y un temblor en la voz. Para disimularlos, apresuradamente dije mi nombre y desde dónde le llamaba; atiné a añadir—: Soy amigo de Roberto Bolaño.

—¿Roberto Bolaño?

—Sí, del cámping Estrella de Mar —expliqué—. En Castelldefells. Hace años usted y él...

—¡Claro! —La interrupción me produjo gratitud, más que alivio—. ¡El vigilante! ¡Ya casi lo había olvidado!

Mientras Miralles hablaba de sus veranos en el Estrella de Mar y de su amistad con Bolaño, reflexioné sobre el modo de pedirle una entrevista; resolví ahorrarme los rodeos y abordar directamente la cuestión. Miralles no dejaba de hablar de Bolaño.

—¿Y qué ha sido de él? —preguntó.

—Es escritor —contesté—. Escribe novelas.

—También las escribía entonces. Pero nadie quería publicárselas.

—Ahora es distinto —dije—. Es un escritor de éxito.

—¿De veras? Me alegro: siempre pensé que era un tipo

de talento, además de un mentiroso redomado. Pero supongo que hay que ser un mentiroso redomado para ser un buen novelista, ¿no? —Oí un sonido breve, seco y remoto, como una risa—. Bueno, en qué puedo servirle.

—Estoy investigando sobre un episodio de la Guerra Civil. El fusilamiento de unos presos nacionales en el santuario de Santa Maria del Collell, cerca de Banyoles. Ocurrió al final de la guerra. —En vano aguardé la reacción de Miralles. Añadí, a tumba abierta—: Estuvo usted allí, ¿verdad?

Durante los segundos interminables que siguieron pude oír la respiración arenosa de Miralles. Exultante y en silencio, comprendí que había dado en el blanco. Cuando volvió a hablar, la voz de Miralles sonó más oscura y más lenta: era otra.

—¿Eso le dijo Bolaño?

—Lo deduje yo. Bolaño me contó su historia. Me contó que hizo usted toda la guerra con Líster, hasta que se retiró con él por Cataluña. Algunos soldados de Líster estuvieron en el Collell en ese momento, justo cuando se produjo el fusilamiento. Luego bien pudo usted ser uno de ellos. Lo fue, ¿no?

Miralles hizo otro silencio; volví a oír su respiración arenosa, y luego un chasquido: pensé que había encendido un cigarrillo; una lejana conversación en francés cruzó fugazmente la línea. Como el silencio se prolongaba, me dije que había cometido el error de ser demasiado brusco, pero antes de que pudiera tratar de rectificarlo oí por fin:

—Me ha dicho que es usted escritor, ¿verdad?

—No —dije—. Soy periodista.

—Periodista. —Otro silencio—. ¿Y piensa usted escribir sobre eso? ¿De veras cree que alguno de los lectores de su periódico le va a interesar una historia que pasó hace sesenta años?

—No la escribiría para el periódico. Estoy escribiendo

un libro. Mire, quizá me he explicado mal. Sólo quiero hablar un rato con usted, para que me dé su versión, para poder contar lo que realmente pasó, o su versión de lo que pasó. No se trata de pedirle cuentas a nadie, sino sólo de tratar de entender...

—¿Entender? —me interrumpió—. ¡No me haga reír! Es usted el que no entiende nada. Una guerra es una guerra. Y no hay nada más que entender. Yo lo sé muy bien, me pasé tres años pegando tiros por España, ¿sabe? ¿Y cree usted que alguien me lo ha agradecido?

—Precisamente por eso...

—Cállese y escuche, joven —me atajó—. Respóndame, ¿cree que alguien me lo ha agradecido? Le respondo yo: nadie. Nunca nadie me ha dado las gracias por dejarme la juventud peleando por su mierda de país. Nadie. Ni una sola palabra. Ni un gesto. Ni una carta. Nada. Y ahora me viene usted, sesenta años más tarde, con su mierda de periodiquito, o con su libro, o con lo que sea, a preguntarme si participé en un fusilamiento. ¿Por qué no me acusa directamente de asesinato?

«De todas las historias de la Historia», pensé mientras Miralles hablaba, «la más triste es la de España, porque termina mal.» Luego pensé: «¿Termina mal?». Pensé: «¡Y una gran mierda para la Transición!». Dije:

—Lamento que me haya malinterpretado, señor Miralles...

—¡Miralles, coño, Miralles! —bramó Miralles—. Nadie en mi puta vida me ha llamado señor Miralles. Me llamo Miralles, sólo Miralles. ¿Lo ha entendido?

—Sí, señor Miralles. Miralles, quiero decir. Pero le repito que aquí hay un malentendido. Si me deja hablar se lo aclararé. —Miralles no dijo nada; proseguí—. Hace unas semanas Bolaño me contó su historia. Por entonces yo había dejado de escribir un libro sobre Rafael Sánchez Mazas. ¿Ha oído hablar de él?

Miralles tardó en contestar, pero no porque dudara.

—Claro. Se refiere al falangista, ¿no? Al amigo de José Antonio.

—Exacto. Fue una de las dos personas que escapó del fusilamiento del Collell. Mi libro iba sobre él, sobre su fusilamiento, sobre la gente que le ayudó a sobrevivir después. Y también sobre un soldado de Líster que le salvó la vida.

—Y qué pinto yo en todo eso.

—El otro fugitivo del fusilamiento dejó un testimonio del hecho, un libro que se titula *Yo fui asesinado por los rojos*.

—¡Menudo título!

—Sí, pero el libro está bien, porque cuenta con detalle lo que ocurrió en el Collell. Lo que no tengo es ninguna versión republicana de lo que ocurrió allí y sin ella el libro se me queda cojo. Cuando Bolaño me contó su historia pensé que quizás usted también había estado en el Collell cuando el fusilamiento y que podría darme su versión de los hechos. Eso es todo lo que quiero: charlar un rato con usted y que me dé su versión. Nada más. Le prometo que no publicaré una línea sin consultárselo antes.

De nuevo oí la respiración de Miralles, entrecortada por la confusa conversación en francés que cruzaba otra vez la línea. Porque su voz fue de nuevo la del principio, cuando Miralles volvió a hablar comprendí que mi explicación había logrado apaciguarlo.

—¿Cómo ha conseguido usted mi teléfono?

Se lo expliqué. Miralles se rió de buena gana.

—Mire, Cercas —empezó luego—. ¿O tengo que llamarle señor Cercas?

—Llámeme Javier.

—Bueno, pues Javier. ¿Sabe usted cuántos años acabo de cumplir? Ochenta y dos. Soy un hombre mayor y estoy cansado. Tuve una mujer y ya no la tengo. Tuve una hija y ya no la tengo. Todavía me estoy recuperando de una embolia. No me queda mucho tiempo, y lo único que quiero es que me dejen vivirlo en paz. Créame: esas historias ya no le interesan a nadie, ni siquiera a los que las vivimos; hubo un tiempo en que sí, pero ya no. Alguien decidió que había que olvidarlas y, ¿sabe lo que le digo?, lo más probable es que tuviera razón; además, la mitad son mentiras involuntarias y la otra mitad mentiras voluntarias. Usted es joven; créame que le agradezco su llamada, pero lo mejor es que me haga caso, se deje de tonterías y dedique su tiempo a otra cosa.

Traté de insistir, pero fue inútil. Antes de colgar Miralles me pidió que le diera recuerdos a Bolaño. «Dígale que nos vemos en Stockton», dijo. «¿Dónde?», pregunté. «En Stockton», repitió. «Dígaselo: él lo entenderá.»

Conchi estalló de alegría cuando le dije por teléfono que habíamos encontrado a Miralles; luego estalló de indignación cuando le dije que no iba a ir a verle.

—¿Después de la que hemos armado? —gritó.

—No quiere, Conchi. Entiéndelo.

—¡Y a ti qué te importa que no quiera!

—Conchi, por favor.

Discutimos. Intentó convencerme. Intenté convencerla.

—Oye, haz una cosa —dijo por fin—. Llama a Bolaño. A mí nunca me haces caso, pero él te convencerá. Si no le llamas tú, le llamo yo.

En parte porque ya lo tenía previsto y en parte para evitar la llamada de Conchi, llamé a Bolaño. Le expliqué la conversación que había tenido con Miralles y el rechazo taxativo del viejo a mi propuesta de visitarle. Bolaño no dijo nada. Entonces me acordé del mensaje que Miralles me había dado para él; se lo di.

—Joder con el viejo —rezongó Bolaño, la voz ensimismada y burlona—. Todavía se acuerda.

–¿Qué significa?

–¿Lo de Stockton?

–¿Qué va a ser?

Tras una pausa demasiado larga Bolaño contestó a la pregunta con otra pregunta:

–¿Has visto *Fat City?* –Dije que sí–. A Miralles le gustaba mucho el cine –continuó Bolaño–. Lo veía en la tele que instalaba bajo la marquesina de su rulot; algunas veces iba a Castelldefells y en una tarde se tragaba tres películas, la cartelera entera, le daba lo mismo lo que pusieran. Yo aprovechaba mis pocos días libres para ir a Barcelona, pero una vez me lo encontré en el paseo de Castelldefells, nos tomamos una horchata juntos y luego me propuso acompañarle al cine; como no tenía nada mejor que hacer, le acompañé. Ahora puede parecer mentira que en un pueblo de veraneo pusieran una película de Huston, pero entonces pasaban esas cosas. ¿Sabes lo que significa *Fat City?* Algo así como *Una ciudad de oportunidades,* o *Una ciudad fantástica* o, mejor aún, *¡Menuda ciudad!* ¡Pues menudo sarcasmo! Porque Stockton, que es la ciudad de la película, es una ciudad atroz, donde no hay oportunidades para nadie, salvo para el fracaso. Para el más absoluto y total fracaso, en realidad. Es curioso: en casi todas las películas de boxeadores lo que se cuenta es la historia de la ascensión y caída del protagonista, de cómo alcanza el éxito y luego llega al fracaso y al olvido; aquí no: en *Fat city* ninguno de los dos protagonistas –un viejo boxeador y un boxeador joven– vislumbra siquiera la posibilidad del éxito, ni ninguno de los que los rodean, como ese viejo y acabado boxeador mexicano, no sé si te acuerdas de él, que orina sangre antes de subir al ring, y que entra y sale solo del estadio, casi a oscuras. Bueno, pues esa noche, al terminar la película, fuimos a un bar y nos sentamos a la barra y pedimos cerveza y estuvimos allí charlando y bebiendo hasta muy tarde, frente a un gran espejo que nos reflejaba y reflejaba el bar, igual que los dos boxeadores de Stockton al final de *Fat city*, y yo creo que fue esa coincidencia y las cervezas los que hicieron que Miralles dijera en algún momento que nosotros íbamos a acabar igual, fracasados y solos y medio sonados en una ciudad atroz, orinando sangre antes de salir al ring para pelear a muerte con nuestra propia sombra en un estadio vacío. Miralles no dijo eso, claro, las palabras las pongo yo ahora, pero dijo algo parecido. Esa noche nos reímos mucho y cuando llegamos ya de madrugada al cámping y vimos que todo el mundo estaba durmiendo y que el bar estaba cerrado seguimos charlando y riéndonos con esa risa floja que le da a la gente en los entierros o en sitios así, ya sabes, y cuando ya nos habíamos despedido y yo me iba ya para mi tienda, dando tumbos en la oscuridad, Miralles me chistó y me volví y lo vi, gordo e iluminado por la luz escasa de una farola, erguido y con el puño en alto, y, antes de que estallara de nuevo su risa reprimida, le oí susurrar en el silencio dormido del cámping: «¡Bolaño, nos vemos en Stockton!». Y a partir de aquel día, cada vez que nos despedíamos hasta la mañana siguiente o hasta el siguiente verano, Miralles añadía siempre: «¡Nos vemos en Stockton!».

Quedamos en silencio. Supongo que Bolaño esperaba algún comentario de mi parte; yo no podía hacer ningún comentario, porque estaba llorando.

—Bueno —dijo Bolaño—. ¿Y ahora qué piensas hacer?

—¡De puta madre! —gritó Conchi cuando le di la noticia—. ¡Ya sabía yo que Bolaño iba a convencerte! ¿Cuándo salimos?

—No vamos a ir los dos —dije, pensando que la presencia de Conchi quizás haría más fácil la entrevista con Miralles—. Voy a ir yo solo.

—¡No digas tonterías! Mañana por la mañana cogemos el coche y en un periquete nos plantamos en Dijon.

—Ya lo tengo decidido —insistí, tajante, pensando que un viaje hasta Dijon en el Volkswagen de Conchi era más arriesgado que la marcha desde el Magreb al Chad de la columna Leclerc—. Iré en tren.

Así que el sábado por la tarde me despedí de Conchi en la estación («Dale recuerdos de mi parte al señor Miralles», me dijo. «Se llama Miralles, Conchi», la corregí. «Sólo Miralles»), y tomé un tren hacia Dijon como quien toma un tren hacia Stockton. Era un tren hotel, un tren nocturno en cuyo restaurante de mullidos asientos de cuero y ventanales lamidos por la velocidad de la noche recuerdo que estuve hasta muy tarde bebiendo y fumando y pensando en Miralles, y a las cinco de la mañana, estragado, sediento y con sueño, bajé en la estación de Dijon y, después de caminar por andenes desiertos e iluminados por globos de luz esquelética, tomé un taxi que me dejó en el Victor Hugo, un hotelito familiar que se halla en la Rue des Fleurs, no lejos del centro. Subí a mi habitación, bebí del grifo un gran trago de agua, me duché y me tumbé en la cama. En vano traté de dormir. Pensaba en Miralles, al que pronto vería, y en Sánchez Mazas, al que no vería nunca; pensaba en su único encuentro conjetural, sesenta años atrás, a casi mil kilómetros de distancia, bajo la lluvia de una mañana violenta y boscosa; pensaba que pronto sabría si Miralles era el soldado de Líster que salvó a Sánchez Mazas, y que sabría también qué pensó al mirarle a los ojos y por qué lo salvó, y que entonces tal vez comprendería por fin un secreto esencial. Pensaba todo eso y, pensándolo, empecé a oír los primeros ruidos de la mañana (pisadas en el pasillo, el trino de un pájaro, el motor urgente de un coche) y a intuir el amanecer empujando contra los postigos de la ventana.

Me levanté, abrí la ventana y los postigos: el sol indeciso de la mañana iluminaba un jardín con naranjos y, más allá, una calle apacible delimitada por casas con tejados a dos aguas; sólo el piar de los pájaros quebraba aquel silencio de pueblo. Me vestí y desayuné en el comedor del hotel; luego, como pensé que era demasiado pronto para ir a la Résidence de Nimphéas, decidí dar un paseo. Nunca había estado en Dijon, y apenas cuatro horas atrás, mientras recorría en el taxi sus calles flanqueadas de edificios como cadáveres de animales prehistóricos y miraba con sueño sus frontispicios señoriales y parpadeantes de anuncios luminosos, me había parecido una de esas imponentes ciudades medievales que de noche se afantasman y sólo entonces muestran su verdadero rostro, el esqueleto podrido de su antiguo poderío; ahora, en cambio, en cuanto salí a la Rue des Fleurs y, tomando por la Rue des Roses y la Rue Desvoges, llegué a la Place D'Arcy –que a esa hora ya hervía de coches circulando en torno al Arco de Triunfo–, me pareció una de esas tristes ciudades de la provincia francesa donde los tristes maridos de Simenon cometen sus tristes crímenes, una ciudad sin alegría y sin futuro, igual que Stockton. Aunque hacía algo de fresco y el sol apenas brillaba, me senté en la terraza de un bar, en la Place Grangier, y me tomé una Coca-Cola. A la derecha de la terraza, en una calle adoquinada, había instalado un mercadillo ambulante, más allá del cual se erguía la iglesia de Notre Dame. Pagué la Coca-Cola, curioseando aquí y allá recorrí el mercadillo, crucé una calle y entré en la iglesia. Al pronto me pareció que estaba vacía, pero, mientras oía resonar mis pasos en la bóveda gótica, distinguí ante un altar lateral a una mujer que acababa de encender una vela; ahora escribía algo en un cuaderno abierto sobre un facistol. Cuando me acercaba al altar la mujer dejó de escribir y se volvió para irse; nos cruzamos en medio de la nave: era alta, joven, pálida, distinguida. Al llegar ante el altar, no pude evitar leer la última frase anotada en el cuaderno: «Dios mío, ayúdame a mí y a mi familia en este tiempo de oscuridad».

Salí de la iglesia, paré un taxi y le di las señas de la Résidence de Nimphéas, en Fontaine-Lès-Dijon. Veinte minutos más tarde, el taxi se detuvo en la esquina de la Route des Daix y la Rue des Combottes, ante un edificio rectangular cuya fachada de color verde pálido, erizada de balconcitos minúsculos, daba sobre un jardín con estanque y senderos de gravilla. En el mostrador de recepción pregunté por Miralles, y una chica con un aire y una indumentaria inconfundibles de monja me miró con un punto de curiosidad o sorpresa y me preguntó si era pariente suyo. Le dije la verdad.

–¿Amigo, entonces?

–Más o menos –dije.

–Habitación veintidós –Señalando un pasillo añadió–: Pero hace un rato le vi pasar hacia allí: debe de estar en la sala de la tele, o en el jardín.

El pasillo desembocaba en una gran sala de enormes ventanales que se abrían a un jardín con un surtidor y tumbonas donde varios ancianos tomaban el sol vertical del mediodía con las piernas envueltas en mantas a cuadros. En la sala había otros dos ancianos –una mujer y un hombre– sentados en butacones de escay y mirando la tele; ninguno de los dos se volvió al entrar yo en la sala. No pude no fijarme en el hombre: una cicatriz le arrancaba en la sien, seguía por el pómulo, la mejilla y la mandíbula, bajaba por el cuello y se perdía por la pelambre que afloraba de su camisa gris, de franela. Al instante supe que era Miralles. Paralizado, precipitadamente indagué las palabras con que abordarlo; no las encontré. Un poco sonámbulo, con el corazón latiéndome en la garganta, me senté en la butaca que había junto a él; Miralles no se volvió, pero un movimiento imperceptible de sus hombros me reveló que había advertido mi presencia. Decidido a esperar, me acomodé en la butaca, miré la tele: en la pantalla deslumbrada de sol, un presentador de pelo impoluto y expresión acogedora, desmentida por el rictus despectivo de los labios, dictaba instrucciones a unos concursantes.

—Le esperaba antes —murmuró Miralles al rato, casi suspirando, sin apartar los ojos de la pantalla—. Llega usted un poco tarde.

Miré su perfil rocoso, el pelo ralo y gris, la barba creciendo como un minúsculo bosque de matojos blancuzcos en torno al violento cortafuegos de la cicatriz, la nariz roma, la barbilla y el mentón obstinados, la prominencia otoñal de la barriga forzando los botones de la camisa, las manos poderosas y consteladas de manchas, apoyadas en un bastón blanco.

—¿Tarde? —dije.

—Es casi la hora de comer.

No dije nada. Miré a la pantalla, ocupada ahora por un lote de electrodomésticos; salvo por la voz enlatada e infatigable del presentador y los ruidos de higiene casera que procedían del pasillo, el silencio era absoluto en la sala. Tres o cuatro butacas más allá de Miralles, la mujer continuaba sentada, inmóvil, con la mejilla apoyada en una mano quebradiza, surcada de venas azules; por un momento pensé que estaba dormida.

—Dígame, Javier —habló Miralles, como si lleváramos mucho rato conversando y hubiéramos hecho una pausa para descansar—, ¿le gusta a usted la tele?

—Sí —contesté, y me fijé en el puñado de pelos blanquecinos que asomaba por sus fosas nasales—. Pero la veo poco.

—A mí en cambio no me gusta nada. Pero la veo mucho: concursos, reportajes, películas, galas, noticias, de todo. ¿Sabe? Llevo cinco años viviendo aquí, y es como estar fuera del mundo. Los periódicos me aburren y hace tiempo que dejé de escuchar la radio, así que gracias a la tele me entero de lo que pasa por ahí. Este programa, por

ejemplo —sin apenas levantar la contera del bastón señaló el televisor—. En mi vida he visto una imbecilidad más
grande: la gente tiene que adivinar cuánto cuesta cada una
de esas cosas; si acierta, se la queda. Pero fíjese en lo felices que son, fíjese en cómo se ríen. —Miralles hizo un
silencio, sin duda para que yo pudiera apreciar por mí
mismo la exactitud de su observación—. Ahora la gente es
mucho más feliz que en mi época, eso lo sabe cualquiera
que haya vivido lo suficiente. Por eso, cada vez que le
oigo a un viejo decir pestes del futuro, sé que lo hace para
consolarse de que no va a poder vivirlo, y cada vez que
oigo a uno de esos intelectuales decir pestes de la tele sé
que estoy delante de un cretino.

Incorporándose un poco volvió hacia mí su corpa-
chón de gladiador encogido por la vejez y me examinó
con unos ojos verdes, curiosamente dispares: el derecho,
inexpresivo y entrecerrado por la cicatriz; el izquierdo
muy abierto e inquisitivo, casi irónico. Entonces advertí
que el aspecto pétreo que había atribuido de entrada al
rostro de Miralles sólo valía para la mitad devastada por
la cicatriz; la otra era viva, vehemente. Por un momento
pensé que era como si dos personas convivieran en un
mismo cuerpo. Un poco intimidado por la cercanía de
Miralles, me pregunté si también los veteranos de Salamina tendrían ese aire derelicto de viejo camionero atro-
pellado.

Miralles preguntó:

—¿Fuma usted?

Hice el gesto de sacar el tabaco del bolsillo de la chaqueta, pero Miralles no me dejó terminarlo.

—Aquí no. —Apoyándose en los brazos de la butaca
y en el bastón y rechazando sin cumplidos mi ayuda
(«Quite, quite, ya le pediré que me eche una mano cuando me haga falta»), trabajosamente se levantó, me ordenó—: Venga, vamos a dar un paseo.

Íbamos a salir al jardín cuando apareció por el pasillo una monja de unos cuarenta años, morena, sonriente y espigada, vestida de camisa blanca y falda gris.

—La hermana Dominique me ha dicho que tenía usted visita, Miralles —dijo alargándome una mano pálida y huesuda—. Soy la hermana Françoise.

Le estreché la mano. Visiblemente incómodo, como si le hubieran pillado en falta, sosteniendo la puerta entreabierta Miralles hizo las presentaciones: dijo que la hermana Françoise era la directora de la residencia; dijo mi nombre.

—Trabaja para un periódico —añadió—. Viene a hacerme una entrevista.

—¿De veras? —La monja ensanchó la sonrisa—. ¿Sobre qué?

—Nada importante —dijo Miralles, instándome con la mirada a que saliera de una vez al jardín. Obedecí—. Un asesinato. Ocurrió hace sesenta años.

—Me alegro —se rió la hermana Françoise—. Ya va siendo hora de que empiece a confesar sus crímenes.

—Váyase a la mierda, hermana —se despidió Miralles—. Ya ve usted —rezongó luego, mientras caminábamos junto a un estanque de aguas alfombradas de nenúfares, más allá del grupo de ancianos tumbados en las hamacas—, toda la vida despotricando contra los curas y las monjas y aquí me tiene, rodeado de monjas que ni siquiera me dejan fumar. ¿Es usted creyente?

Ahora bajábamos por un sendero de gravilla bordeado de setos de boj. Pensé en la mujer pálida y distinguida que había visto esa mañana, en la iglesia de Notre Dame, encendiendo una vela y escribiendo una plegaria, pero antes de que yo pudiera contestar a su pregunta la contestó él:

—¡Qué tontería! Ya no hay nadie que sea creyente, salvo las monjitas. Yo tampoco lo soy, ¿sabe? Me falta imaginación. Cuando me muera lo que me gustaría es que alguien bailara sobre mi tumba, sería más alegre, ¿no? Claro que a la hermana Françoise no le haría mucha gracia, así que supongo que dirán una misa y en paz. Tampoco me molesta. ¿Le ha gustado la hermana Françoise?

Como no sabía si a Miralles le gustaba o no, contesté que aún no me había formado una opinión de ella.

—No le he preguntado su opinión —contestó Miralles—. Le he preguntado si le gusta o no. A condición de que me guarde el secreto, le diré la verdad: a mí me gusta mucho. Es guapa, simpática y lista. Y joven. ¿Qué más se puede pedir de una mujer? Si no fuera monja hace ya muchos años que le habría tocado el culo. Pero, claro, siendo monja... ¡Hay que joderse!

Cruzamos frente a la entrada de un garaje subterráneo, abandonamos el sendero y trepamos —Miralles con inesperada agilidad, aferrado a su bastón; yo tras él, temiendo que en cualquier momento se cayera— por un pequeño terraplén, al otro lado del cual se extendía un pedazo de césped con un banco de madera que miraba hacia el tráfico escaso de la Rue des Combottes y hacia la fila de casas apareadas que se alineaba más allá. Nos sentamos en el banco.

—Bueno —dijo Miralles, apoyando el bastón contra el borde del banco—, venga ese cigarro.

Se lo di; se lo encendí; me encendí uno. Miralles fumaba con delectación, tragándose profundamente el humo.

—¿Está prohibido fumar en la residencia? —pregunté.

—¡Qué va! Lo que pasa es que casi nadie fuma. A mí me lo prohibió el médico cuando me dio la embolia. Qué tendrá que ver una cosa con la otra. Pero de vez en cuando me meto en la cocina, le robo al cocinero un cigarrillo y me lo fumo en mi cuarto, o me lo vengo a fumar aquí. ¿Qué le parece la vista?

Yo no quería someterle de entrada a un interrogatorio, y además me apetecía oírle hablar de sus cosas, así que durante un rato hablamos de su vida en la residencia, del Estrella de Mar, de Bolaño. Comprobé que tenía la cabeza muy clara y la memoria intacta y, mientras vagamente le escuchaba, se me ocurrió que Miralles tenía la misma edad que hubiera tenido mi padre de haber estado vivo; el hecho me pareció curioso; más curioso aún me pareció haber pensado en mi padre, precisamente en aquel momento y en aquel lugar. Pensé que, aunque hacía más de seis años que había fallecido, mi padre todavía no estaba muerto, porque todavía había alguien que se acordaba de él. Luego pensé que no era yo quien recordaba a mi padre, sino él quien se aferraba a mi recuerdo, para no morir del todo.

—Pero usted no ha venido aquí a hablar de estas cosas —se interrumpió en algún momento Miralles: hacía rato que habíamos tirado los cigarrillos—. Ha venido a hablar del Collell.

No sabía por dónde empezar, así que dije:

—¿Entonces es verdad que estuvo en el Collell?

—Claro que estuve en el Collell. No se haga el tonto: si yo no hubiera estado allí, usted no estaría aquí. Claro que estuve: una semana, quizá dos, no más. Fue a finales de enero del 39, lo recuerdo muy bien porque el 31 de ese mes crucé la frontera, esa fecha no se me olvida. Lo que no sé es por qué estuvimos allí tanto tiempo. Éramos los restos del V Cuerpo del Ejército del Ebro, la mayoría veteranos de toda la guerra, y llevábamos desde el verano pegando tiros sin parar hasta que se hundió el frente y tuvimos que salir echando leches hacia la frontera, con los moros y los fascistas pisándonos los talones. Y de repente, a un paso de Francia, nos hicieron parar. Claro que lo agradecimos, porque llevábamos encima un palizón tremendo; pero tampoco entendíamos a qué venían aquellos días de tregua. Corrían rumores: había quien decía que Líster estaba preparando la defensa de Gerona, o un contraataque por no se sabe dónde. Tonterías: no teníamos ni armas, ni municiones, ni pertrechos, ni nada de nada; en realidad, no éramos ni siquiera un ejército: sólo un montón de desharrapados, con un hambre de meses, desperdigados por los bosques. Eso sí, ya le digo, por lo menos descansamos. Usted conocerá el Collell.

—Un poco.

—No está lejos de Gerona, en la zona de Banyoles. Ahí se quedaron algunos durante esos días, otros en los pueblos de los alrededores; a otros nos mandaron al Collell.

—¿Para qué?

—No lo sé. En realidad, no creo que nadie lo supiera. ¿No se da cuenta? Aquello era un desbarajuste fabuloso, un sálvese quien pueda. Todo el mundo daba órdenes, pero nadie las obedecía. La gente desertaba en cuanto se le presentaba la ocasión.

—¿Y usted por qué no lo hizo?

—¿Desertar? —Miralles me miró como si su cerebro no estuviera preparado para procesar la pregunta—. Pues no lo sé. No se me ocurrió, supongo. En esos momentos no es tan fácil pensar, ¿sabe? Además, ¿adónde iba a ir? Mis padres habían muerto y mi hermano también estaba en el frente... Mire —levantó el bastón, como si un imprevisto viniera a sacarle del aprieto—, ahí están.

Ante nosotros, al otro lado de la verja que separaba el jardín de la residencia de la Rue des Combottes, cruzaba un grupo de párvulos pastoreados por dos maestras. Me arrepentí de haber interrumpido a Miralles, porque la pregunta (o su incapacidad de responderla; o quizás era sólo el paso de los niños) pareció desconectarlo de sus recuerdos.

–Puntuales como un reloj –dijo–. ¿Tiene usted hijos?

–No.

–¿No le gustan los niños?

–Me gustan –dije, y pensé en Conchi–. Pero no los tengo.

–A mí también me gustan –dijo, agitando el bastón hacia ellos–. Fíjese en aquel botarate, el de la gorra.

Permanecimos un rato en silencio, mirando a los niños. No tenía por qué decir nada, pero filosofé tontamente:

–Siempre parecen felices.

–No se ha fijado bien –me corrigió Miralles–. Nunca lo parecen. Pero lo son. Igual que nosotros. Lo que pasa es que ni nosotros ni ellos nos damos cuenta.

–¿Qué quiere decir?

Miralles sonrió por primera vez.

–Estamos vivos, ¿no? –Se incorporó ayudándose con el bastón–. Bueno, es la hora de comer.

Mientras caminábamos de vuelta a la residencia dije:

–Me estaba hablando del Collell.

–¿Le importa darme otro cigarro?

Como si tratara de sobornarlo, le di el paquete entero. Guardándoselo en el bolsillo preguntó:

–¿Qué le estaba diciendo?

–Que mientras usted estuvo allí aquello era un desbarajuste.

–Claro. –Con facilidad retomó el hilo–. Imagínese el panorama. Estábamos nosotros, los que quedábamos del batallón; nos mandaba un capitán vasco, un tipo bastante decente, ahora no recuerdo cómo se llamaba, el comandante había muerto en un bombardeo a la salida de Barcelona. Pero también había civiles, carabineros, gente del SIM. De todo. Yo creo que nadie sabía qué pintábamos allí, supongo que esperar la orden de cruzar la frontera, que era lo único que podíamos hacer.

189

—¿No vigilaban a los prisioneros?

Hizo una mueca escéptica.

—Más o menos.

—¿Más o menos?

—Sí, claro que los vigilábamos —concedió de mala gana—. Lo que quiero decir es que los encargados de hacerlo eran los carabineros. Pero, a veces, cuando los prisioneros salían a pasear o a hacer algo, nos ordenaban que estuviésemos con ellos. Si a eso le llama usted vigilar, pues sí, los vigilábamos.

—¿Y sabían quiénes éran?

—Sabíamos que eran peces gordos. Obispos, militares, falangistas de la quinta columna. Gente así.

Habíamos desandado el sendero de gravilla: los ancianos que minutos atrás tomaban el sol habían desertado de sus hamacas, y ahora conversaban en grupos a la entrada del edificio y en la sala de la televisión, que seguía encendida.

—Todavía es pronto: déjelos entrar —dijo Miralles, tomándome del brazo y obligándome a sentarme junto a él, en el borde del estanque—. Usted quería hablar sobre Sánchez Mazas, ¿verdad? —Asentí—. Decían que era un buen escritor. ¿Qué opina usted?

—Que era un buen escritor menor.

—Y eso qué quiere decir.

—Que era un buen escritor, pero no un gran escritor.

—O sea que se puede ser un buen escritor siendo un grandísimo hijo de puta. Qué cosas, ¿verdad?

—¿Usted sabía que Sánchez Mazas estaba en el Collell?

—¡Claro! ¡Cómo no iba a saberlo, si era el pez más gordo! Lo sabíamos todos. Todos habíamos oído hablar de Sánchez Mazas y sabíamos lo suficiente de él, o sea que por su culpa y por la de cuatro o cinco tipos como él había pasado lo que había pasado. No estoy seguro, pero me parece que, cuando él llegó al Collell, nosotros ya llevábamos unos días allí.

—Puede ser. Sánchez Mazas llegó sólo cinco días antes de que lo fusilaran. Antes me dijo que cruzó usted la frontera el treinta y uno de enero. El fusilamiento fue el treinta.

A punto estaba de preguntarle si ese día aún estaba en el Collell, y si recordaba lo ocurrido, cuando Miralles, que se había puesto a limpiar de tierra las junturas de las baldosas con la contera de su bastón, empezó a hablar.

—La noche anterior nos dijeron que preparáramos nuestras cosas, porque al día siguiente nos íbamos —explicó—. Por la mañana vimos a una cuerda de presos salir del santuario escoltados por unos cuantos carabineros.

—¿Sabían que los iban a fusilar?

—No. Creíamos que iban a hacer algún trabajo, o quizás a canjearlos, se había hablado mucho de eso. Aunque su cara no era de que fueran a canjearlos, la verdad.

—¿Conocía usted a Sánchez Mazas? ¿Lo reconoció entre los presos?

—No, no lo sé... Creo que no.

—¿No lo conocía o no lo reconoció?

—No lo reconocí. Conocerlo sí lo conocía. ¡Cómo no iba a conocerlo! Lo conocíamos todos.

Miralles aseguró que alguien como Sánchez Mazas no podía pasar inadvertido en un lugar como aquél, y que por eso, igual que todos sus demás compañeros, se había fijado en él muchas veces, cuando salía a pasear al jardín con los otros presos; vagamente recordaba aún sus gafas de miope, su escarpada nariz de judío, la zamarra de piel con la que días más tarde relataría triunfalmente ante una cámara de Franco su aventura inverosímil... Miralles se calló, como si el esfuerzo de recordar le hubiese dejado por un momento exhausto. Un débil rumor de cubertería llegaba del interior del edificio; de un vistazo fugaz vi la pantalla del televisor apagada. Ahora Miralles y yo estábamos solos en el jardín.

—¿Y luego?

Miralles dejó de escarbar con el bastón entre las baldosas y aspiró el aire impecable del mediodía.

—Luego nada. —Espiró largamente—. La verdad es que no lo recuerdo muy bien, todo fue muy confuso. Recuerdo que oímos disparos y que echamos a correr. Alguien, entonces, gritó que los presos intentaban escapar, así que nos pusimos a registrar el bosque, para encontrarlos. No sé cuánto duró la batida, pero de vez en cuando se oían disparos, y era que habían cazado a alguno. De todos modos, no me extraña que más de uno escapara.

—Escaparon dos.

—Ya le digo que no me extraña. Se había puesto a llover y el bosque allí es muy espeso. O por lo menos yo lo recuerdo así. En fin, cuando nos cansamos de buscar (o cuando alguien nos lo ordenó) volvimos al santuario, acabamos de recoger las cosas y esa misma mañana nos fuimos.

—O sea, que según usted no fue un fusilamiento.

—No me haga decir cosas que no he dicho, joven. Yo sólo le cuento las cosas como son, o como yo las viví. La interpretación corre de su cuenta, que para eso es usted el periodista, ¿no? Además, reconocerá usted que, si alguien mereció que lo fusilaran entonces, ése fue Sánchez Mazas: si lo hubieran liquidado a tiempo, a él y a unos cuantos como él, quizá nos hubiéramos ahorrado la guerra, ¿no cree?

—Yo no creo que nadie merezca ser fusilado.

Miralles se volvió sin prisa y me miró con sus ojos dispares, fijamente, como si buscara en los míos una respuesta a su irónica perplejidad; una sonrisa afectuosa, que por un momento temí que desembocara en carcajada, suavizó la repentina dureza de sus facciones.

–¡No me diga que es usted pacifista! –dijo, y me puso una mano en la clavícula–. ¡Haber empezado por ahí, hombre! Y a propósito –apoyándose en mí se incorporó y señaló con el bastón la entrada de la residencia–, a ver cómo se las arregla con la hermana Françoise.

Ignoré la burla de Miralles y, porque pensé que se me agotaba el tiempo, precipitadamente dije:

–Me gustaría hacerle una última pregunta.

–¿Sólo una? –En voz alta se dirigió a la monja–: Hermana, el periodista quiere hacerme una última pregunta.

–Me parece muy bien –dijo la hermana Françoise–. Pero si la respuesta es muy larga se va a quedar usted sin comer, Miralles. –Sonriéndome añadió–: ¿Por qué no vuelve por la tarde?

–Claro, joven –convino Miralles, jovial–. Vuelva por la tarde y seguiremos hablando.

Acordamos que volvería a las cinco, después de la siesta y de los ejercicios de recuperación. Con la hermana Françoise acompañé a Miralles hasta el comedor. «No se olvide del tabaco», me susurró Miralles al oído, a modo de despedida. Luego entró en el comedor y mientras se sentaba a una mesa, entre dos ancianas de pelo blanquísimo que ya habían empezado a comer, aparatosamente me guiñó un ojo cómplice.

–¿Qué le ha dado? –preguntó la hermana Françoise mientras caminábamos hacia la salida.

Como creí que se refería al paquete de tabaco prohibido, que abultaba en el bolsillo de la camisa de Miralles, me ruboricé.

–¿Darle?

–Se le veía muy contento.

–Ah. –Sonreí, aliviado–. Estuvimos hablando de la guerra.

–¿De qué guerra?

–De la guerra de España.

—No sabía que Miralles hubiera hecho la guerra.

Iba a decirle que Miralles no había hecho una guerra, sino muchas, pero no pude, porque en ese momento vi a Miralles caminando por el desierto de Libia hacia el oasis de Murzuch, joven, desharrapado, polvoriento y anónimo, llevando la bandera tricolor de un país que no es su país, de un país que es todos los países y también el país de la libertad y que ya sólo existe porque él y cuatro moros y un negro la están levantando mientras siguen caminando hacia delante, hacia delante, siempre hacia delante.

—¿Viene alguien a verle? —pregunté a la hermana Françoise.

—No. Al principio venía su yerno, el viudo de su hija. Pero luego dejó de venir; creo que acabaron de mala manera. En fin, Miralles tiene un carácter un poco difícil; le aseguro una cosa: su corazón es de oro.

Oyéndola hablar de la embolia que meses atrás había paralizado el costado izquierdo de Miralles, me dije que la hermana Françoise hablaba como la directora de un orfanato tratando de colocarle a un cliente potencial un pupilo díscolo; me dije también que Miralles quizá no era un pupilo díscolo, pero seguro que era un huérfano, y entonces me pregunté al recuerdo de quién iba a aferrarse Miralles cuando estuviera muerto, para no morir del todo.

—Creímos que se nos quedaba en ésa —prosiguió la hermana Françoise—. Pero se ha recuperado muy bien: tiene una constitución de toro. Lleva muy mal lo del tabaco y lo de comer sin sal, pero ya se acostumbrará. —Al llegar al mostrador de recepción hizo una sonrisa y me alargó la mano—. Bueno, le vemos por la tarde, ¿no?

Antes de salir de la residencia miré el reloj: eran poco más de las doce. Tenía ante mí cinco horas vacías. Caminé un rato por la Route des Daix en busca de una terraza donde tomar algo, pero, como no la encontré —el barrio era un entramado de anchas avenidas suburbiales con casitas apareadas–, apenas vi un taxi lo paré y le pedí que me llevara de vuelta al centro. Me dejó en una plaza semi-circular que se abría hasta acoger en su seno el palacio de los duques de Borgoña. Frente a su fachada, sentado en una terraza, me bebí dos cervezas. Desde donde me halla-ba se veía un letrero con el nombre de la plaza: Place de la Libération. Inevitablemente pensé en Miralles entrando en París por la Porte-de-Gentilly la noche del 24 de agosto del 44, con las primeras tropas aliadas, a bordo de su tan-que que se llamaría Guadalajara o Zaragoza o Belchite. A mi lado, en la terraza, una pareja muy joven se pasma-ba ante las risas y los pucheros de un bebé rosado; gente atareada e indiferente cruzaba frente a nosotros. Pensé: «No hay ni uno solo que sepa de ese viejo medio tuerto y ter-minal que fuma cigarrillos a escondidas y ahora mismo está comiendo sin sal a unos pocos kilómetros de aquí, pero no hay ni uno solo que no esté en deuda con él». Pen-sé: «Nadie se acordará de él cuando esté muerto». Volví a ver a Miralles caminando con la bandera de la Francia libre por la arena infinita y ardiente de Libia, caminando hacia el oasis de Murzuch mientras la gente caminaba por esta plaza de Francia y por todas las plazas de Europa atendiendo a sus negocios, sin saber que su destino y el destino de la civilización de la que ellos habían abdicado pendía de que Miralles siguiera caminando hacia delante, siempre hacia delante. Entonces recordé a Sánchez Mazas y a José Antonio y se me ocurrió que quizá no andaban equivocados y que a última hora siempre ha sido un pelo-tón de soldados el que ha salvado la civilización. Pensé: «Lo que ni José Antonio ni Sánchez Mazas podían ima-ginar es que ni ellos ni nadie como ellos podría jamás integrar ese pelotón extremo, y en cambio iban a hacerlo cuatro moros y un negro y un tornero catalán que estaba allí por casualidad o mala suerte, y que se hubiera muer-

to de risa si alguien le hubiera dicho que estaba salvándonos a todos en aquel tiempo de oscuridad, y que quizá
precisamente por eso, porque no imaginaba que en aquel
momento la civilización pendía de él, estaba salvándola y
salvándonos sin saber que su recompensa final iba a ser
una habitación ignorada de una residencia para pobres
en una ciudad tristísima de un país que ni siquiera era su
país, y donde nadie salvo tal vez una monja sonriente y
espigada, que no sabía que había estado en la guerra, lo
echaría de menos».

Comí en el Café Central, en la Place Grangier, muy
cerca de donde había desayunado esa mañana y, después
de tomar café y whisky en una terraza de la Rue de la
Poste y de comprar un cartón de tabaco, volví a la Résidence des Nimphéas. Aún no eran las cinco cuando Miralles me hizo pasar a su habitación y advertí, no sin sorpresa, que no era la sórdida habitación de asilo que yo
esperaba, sino un pequeño apartamento limpio, ordenado y con luz: de un solo vistazo abarqué una cocina, un
lavabo, un dormitorio y una salita de paredes casi desnudas, con dos butacones, una mesa y un ventanal que daba
a un balcón abierto al sol de la tarde. A modo de saludo
le entregué a Miralles el tabaco.

—No sea bruto —dijo, desgarrando el envoltorio de
celofán y sacando dos paquetes de cigarrillos—. ¿Dónde
quiere que esconda este mamotreto? —Me devolvió el
resto del cartón—. ¿Le apetece un nescafé? Descafeinado,
por supuesto. El de verdad lo tengo prohibido.

No me apetecía, pero acepté. Mientras lo preparaba,
Miralles me preguntó qué me parecía el apartamento; le
dije que muy bien. Me habló de los servicios (sanitarios,
lúdicos, culturales, de higiene) que ofrecía la residencia, y
de los ejercicios de rehabilitación que debía realizar a diario. Cuando terminó de preparar el nescafé, cogí las tazas
para llevarlas a la sala, pero me atajó con un gesto: abrió

un armario bajero y, con una flexibilidad de contorsionista, metió medio cuerpo dentro y sacó triunfalmente una petaca.

—Si no se le añade un poco de esto —comentó mientras echaba un chorrito en cada taza—, este caldo sabe a rayos.

Miralles devolvió la petaca a su sitio, y luego, cada uno con nuestra taza, nos sentamos en los butacones de la salita. Bebí un sorbo de nescafé: lo que Miralles le había echado era coñac.

—Bueno, usted dirá —dijo Miralles, divertido, casi halagado, arrellanándose en la butaca y revolviendo el nescafé—. ¿Seguimos con el interrogatorio? Le advierto que ya le he contado todo lo que sabía.

De repente me dio vergüenza continuar preguntando, sentí ganas de decirle a Miralles que, aunque ya no tuviera ninguna pregunta que hacerle, también estaría allí, conversando y bebiendo nescafé con él, por un momento pensé que ya sabía todo lo que tenía que saber de Miralles, y, no sé por qué, me acordé de Bolaño y de la noche en que descubrió a Miralles bailando un pasodoble con Luz bajo la marquesina de su rulot y comprendió que su tiempo en el cámping había terminado. Fue todo uno pensar en Bolaño y pensar en mi libro, en *Soldados de Salamina* y en Conchi y en los muchos meses que llevaba persiguiendo al hombre que salvó a Sánchez Mazas y buscando el significado de una mirada y un grito en el bosque, buscando al hombre que bailó un pasodoble en el jardín de una prisión improvisada, sesenta años atrás, igual que Miralles y Luz habían bailado otro pasodoble o tal vez el mismo en un cámping proletario de Castelldefells, bajo la marquesina de su improvisado hogar. No pregunté; como si revelara un hecho desconocido dije:

—Sánchez Mazas sobrevivió al fusilamiento —Miralles asintió, paciente, saboreando su nescafé con coñac.

Añadí–: Sobrevivió gracias a un hombre. Un soldado de Líster.

Le conté la historia. Cuando hube acabado, Miralles dejó su taza vacía sobre la mesa e, inclinándose un poco, sin levantarse de la butaca abrió el ventanal del balcón y miró fuera.

–Una historia muy novelesca –dijo luego, en tono neutro, mientras sacaba un cigarrillo del paquete mediado de por la mañana.

Me acordé de Miquel Aguirre y dije:

–Es posible. Pero todas las guerras están llenas de historias novelescas, ¿no?

–Sólo para quien no las vive. –Expulsó un penacho de humo y escupió algo que quizás era una hebra de tabaco–. Sólo para quien las cuenta. Para quien va a la guerra para contarla, no para hacerla. ¿Cómo se llamaba aquel novelista americano que entró en París...?

–Hemingway.

–Hemingway, sí. ¡Menudo payaso!

Miralles se calló, abstraído: miraba las volutas de humo ondeando lentísimas en la luz detenida del balcón, a través del cual llegaba el rumor intermitente del tráfico.

–Y esa historia del soldado de Líster –empezó, volviéndose de nuevo hacia mí: la mitad derecha de su cara había recobrado su aspecto rocoso; en la izquierda había una expresión ambigua, que participaba de la indiferencia y de la decepción, casi del fastidio–, ¿quién se la ha contado?

Se lo expliqué. Miralles asentía con la cabeza, la boca circunfleja, un poco burlona. Era evidente que el ánimo jovial con que me había acogido esa tarde se había disipado. Yo no sabía qué decir, pero sabía que tenía que decir algo; Miralles se me adelantó:

–Dígame una cosa. A usted Sánchez Mazas y su famoso fusilamiento le traen sin cuidado, ¿verdad?

—No le entiendo —dije, sinceramente.

Me buscó los ojos con curiosidad.

—¡Hay que joderse con los escritores! —Se rió abiertamente—. Así que lo que andaba buscando era un héroe. Y ese héroe soy yo, ¿no? ¡Hay que joderse! ¿Pero no habíamos quedado en que era usted pacifista? ¿Pues sabe una cosa? En la paz no hay héroes, salvo quizás aquel indio bajito que siempre andaba por ahí medio en pelotas... Y ni siquiera él era un héroe, o sólo lo fue cuando lo mataron. Los héroes sólo son héroes cuando se mueren o los matan. Y los héroes de verdad nacen en la guerra y mueren en la guerra. No hay héroes vivos, joven. Todos están muertos. Muertos, muertos, muertos. —Se le quebró la voz; tras una pausa, mientras tragaba saliva, apagó el cigarrillo—. ¿Quiere otro mejunje de estos?

Con las tazas vacías fue a la cocina. Desde la salita le oí sonarse la nariz; cuando regresó, tenía los ojos brillantes, pero parecía calmado. Supongo que intenté disculparme por algo, porque recuerdo que, después de alcanzarme el nescafé y arrellanarse de nuevo en su butaca, Miralles me interrumpió con impaciencia, casi irritado.

—No pida perdón, joven. No ha hecho nada malo. Además, a su edad ya debería de haber aprendido que los hombres no piden perdón: hacen lo que hacen y dicen lo que dicen, y luego se aguantan. Pero le voy a contar una cosa que usted no sabe, una cosa de la guerra. —Dio un sorbo de nescafé; yo di otro: a Miralles se le había ido la mano con el coñac—. Cuando salí hacia el frente en el 36 iban conmigo otros muchachos. Eran de Terrassa, como yo; muy jóvenes, casi unos niños, igual que yo; a alguno lo conocía de vista o de hablar alguna vez con él: a la mayoría no. Eran los hermanos García Segués (Joan y Lela), Miquel Cardos, Gabi Baldrich, Pipo Canal, el Gordo Odena, Santi Brugada, Jordi Gudayol. Hicimos la guerra juntos; las dos: la nuestra y la otra, aunque las dos eran la misma. Ninguno de ellos sobrevivió. Todos muertos. El último fue Lela García Segués. Al principio yo me entendía mejor con su hermano Joan, que era justo de mi edad, pero con el tiempo Lela se convirtió en mi mejor amigo, el mejor que he tenido nunca: éramos tan amigos que ni siquiera necesitábamos hablar cuando estábamos juntos. Murió en el verano del cuarenta y tres, en un pueblo cerca de Trípoli, aplastado por un tanque inglés. ¿Sabe? Desde que terminó la guerra no ha pasado un solo día sin que piense en ellos. Eran tan jóvenes... Murieron todos. Todos muertos. Muertos. Muertos. Todos. Ninguno probó las cosas buenas de la vida: ninguno tuvo una mujer para él solo, ninguno conoció la maravilla de tener un hijo y de que su hijo, con tres o cuatro años, se metiera en su cama, entre su mujer y él, un domingo por la mañana, en una habitación con mucho sol... –En algún momento Miralles había empezado a llorar: su cara y su voz no habían cambiado, pero unas lágrimas sin consuelo rodaban veloces por la lisura de su cicatriz, más lentas por sus mejillas sucias de barba.– A veces sueño con ellos, y entonces me siento culpable: les veo a todos, intactos y saludándome entre bromas, igual de jóvenes que entonces, porque el tiempo no corre para ellos, igual de jóvenes y preguntándome por qué no estoy con ellos, como si los hubiese traicionado, porque mi verdadero lugar estaba allí; o como si yo estuviese usurpando el lugar de alguno de ellos; o como si en realidad yo hubiera muerto hace sesenta años en cualquier cuneta de España o de África o de Francia y estuviera soñando una vida futura con mujer e hijos, una vida que iba a acabar aquí, en esta habitación de un asilo, charlando con usted. –Miralles siguió hablando, más deprisa, sin secarse las lágrimas, que le caían por el cuello y le mojaban la camisa de franela–. Nadie se acuerda de ellos, ¿sabe? Nadie. Nadie se acuerda siquiera de por qué murieron, de por qué no tuvieron mujer e hijos y una habitación con sol; nadie, y, menos que nadie, la gente por la que pelearon. No hay ni va a haber nunca ninguna calle miserable de ningún pueblo miserable de ninguna mierda de país que vaya a llevar nunca el nombre de ninguno de ellos. ¿Lo entiende? Lo entiende, ¿verdad? Ah, pero yo me acuerdo, vaya si me acuerdo, me acuerdo de todos, de Lela y de Joan y de Gabi y de Odena y de Pipo y de Brugada y de Gudayol, no sé por qué lo hago pero lo hago, no pasa un solo día sin que piense en ellos.

Miralles dejó de hablar, sacó un pañuelo, se secó las lágrimas, se sonó la nariz; lo hizo sin pudor, como si no le avergonzara llorar en público, igual que lo hacían los viejos guerreros homéricos, igual que lo hubiera hecho un soldado de Salamina. Luego, de un solo trago, se bebió el nescafé enfriado. Permanecimos en silencio, fumando. La luz del balcón era cada vez más débil; apenas se oían pasar coches. Yo me sentía a gusto, un poco ebrio, casi feliz. Pensé: «Se acuerda por lo mismo que yo me acuerdo de mi padre y Ferlosio del suyo y Miquel Aguirre del suyo y Jaume Figueras del suyo y Bolaño de sus amigos latinoamericanos, todos soldados muertos en guerras de antemano perdidas: se acuerda porque, aunque hace sesenta años que fallecieron, todavía no están muertos, precisamente porque él se acuerda de ellos. O quizá no es él quien se acuerda de ellos, sino ellos los que se aferran a él, para no estar del todo muertos». «Pero cuando Miralles muera», pensé, «sus amigos también morirán del todo, porque no habrá nadie que se acuerde de ellos para que no mueran.»

Durante mucho rato estuvimos charlando de otras cosas, entre nescafés, cigarrillos y largos silencios, como si no acabáramos de conocernos esa misma mañana. En algún momento Miralles me sorprendió consultando con disimulo el reloj.

—Le aburro —se interrumpió.

—No me aburre —contesté—. Pero mi tren sale a las ocho y media.

—¿Tiene que marcharse?

—Me parece que sí.

Miralles se levantó de su butaca, cogió el bastón. Dijo:

—No le he ayudado mucho, ¿verdad? ¿Cree que podrá escribir su libro?

—No lo sé —contesté, sinceramente; pero luego dije—: Espero que sí. —Y añadí—: Si lo hago, le prometo que hablaré de sus amigos.

Como si no me hubiera oído, Miralles dijo:

—Le acompaño. —Señaló el cartón de tabaco que había sobre la mesa—: Y no se olvide de eso.

Íbamos a salir de su apartamento cuando Miralles se detuvo.

—Dígame una cosa. —Habló con la mano en el picaporte: la puerta estaba entreabierta—. ¿Para qué quería encontrar al soldado que salvó a Sánchez Mazas?

Sin dudarlo contesté:

—Para preguntarle qué pensó aquella mañana, en el bosque, después del fusilamiento, cuando le reconoció y le miró a los ojos. Para preguntarle qué vio en sus ojos. Por qué le salvó, por qué no le delató, por qué no le mató.

—¿Por qué iba a matarlo?

—Porque en la guerra la gente se mata —dije—. Porque por culpa de Sánchez Mazas y por la de cuatro o cinco tipos como él había pasado lo que había pasado y ahora ese soldado emprendía un exilio sin regreso. Porque si alguien mereció que lo fusilaran ése fue Sánchez Mazas.

Miralles reconoció sus palabras, asintió con un amago de sonrisa y, acabando de abrir la puerta, me dio un golpecito con el bastón en el envés de las piernas; dijo:

—Andando, no vaya a ser que pierda el tren.

Bajamos en ascensor a la planta baja; desde recepción pedimos un taxi.

—Despídame de la hermana Françoise —dije mientras caminábamos hacia la salida.

—¿Es que no piensa volver?

—No si usted no quiere.

—¿Quién ha dicho que no quiero?

—Entonces le prometo que volveré.

Fuera la luz estaba oxidada: era el atardecer. Aguardamos el taxi a la puerta del jardín, frente a un semáforo que cambiaba de luz para nadie, porque en el cruce de la Route des Daix y la Rue Combotte el tráfico era escaso y las aceras estaban desiertas. A mi derecha había un edificio de apartamentos, no muy alto, con grandes cristaleras y balcones desde los que podía verse el jardín de la Résidence des Nimphéas. Pensé que era un buen lugar para vivir. Pensé que cualquier lugar era un buen lugar para vivir. Pensé en el soldado de Líster. Me oí decir:

—¿Qué cree usted que pensó?

—¿El soldado? —Me volví hacia él. Con todo su cuerpo apoyado en el bastón, Miralles observaba la luz del semáforo, que estaba en rojo. Cuando cambió del rojo al verde, Miralles me fijó con una mirada neutra. Dijo—: Nada.

—¿Nada?

—Nada.

El taxi tardaba. Eran las ocho menos cuarto, y aún tenía que pasar por el hotel a pagar la cuenta y recoger mis cosas.

—Si vuelve tráigame algo.

—¿Además de tabaco?

—Además.

—¿Le gusta la música?

—Me gustaba. Ahora ya no la escucho: cada vez que lo hago me sienta mal. De repente me pongo a pensar en lo que me ha pasado, y sobre todo en lo que no me ha pasado.

—Bolaño me dijo que baila muy bien el pasodoble.

—¿Eso le dijo? —se rió—. ¡Jodido chileno!

—Una noche le vio bailando *Suspiros de España* con una amiga suya, junto a su rulot.

—Si convence a la hermana Françoise, a lo mejor todavía soy capaz de bailarlo —dijo Miralles, guiñándome el ojo de la cicatriz—. Es un pasodoble muy bonito, ¿no le parece? Mire, ahí tiene su taxi.

El taxi se detuvo en la esquina, junto a nosotros.

—Bueno —dijo Miralles—. Espero que vuelva pronto.

—Volveré.

—¿Puedo pedirle un favor?

—Pida lo que quiera.

Mirando la luz del semáforo dijo:

—Hace muchos años que no abrazo a nadie.

Oí el ruido del bastón de Miralles cayendo a la acera, sentí que sus brazos enormes me estrujaban y que los míos apenas conseguían abarcarle, me sentí muy pequeño y muy frágil, olí a medicinas y a años de encierro y de verdura hervida y sobre todo a viejo, y supe que ése era el olor desdichado de los héroes.

Deshicimos el abrazo y Miralles recogió su bastón y me empujó hacia el taxi. Entré, le di al taxista la dirección del Victor Hugo, le pedí que aguardara un momento, bajé la ventanilla.

—No le he contado una cosa —le dije a Miralles—. Sánchez Mazas conocía al soldado que le salvó. Una vez le vio bailando un pasodoble en el jardín del Collell. Solo. El pasodoble era *Suspiros de España*. —Miralles bajó de la acera y se arrimó al taxi, apoyó una mano grande en el cristal bajado. Yo estaba seguro de cuál iba a ser la respuesta, porque creía que Miralles no podía negarme la verdad. Casi como un ruego pregunté—: Era usted, ¿no?

Tras un instante de vacilación, Miralles sonrió ampliamente, afectuosamente, mostrando apenas su doble hilera de dientes desvencijados. Su respuesta fue:

–No.

Apartó la mano de la ventanilla y le ordenó al taxista que arrancara. Luego, bruscamente, dijo algo, que no entendí (tal vez fue un nombre, pero no estoy seguro), porque el taxi había echado a andar y, aunque saqué la cabeza por la ventanilla y le pregunté qué había dicho, ya era demasiado tarde para que me oyera o pudiera contestarme, le vi levantar el bastón a modo de saludo último y luego, a través del cristal trasero del taxi, caminar de vuelta hacia la residencia, lento, desposeído, medio tuerto y dichoso, con su camisa gris y sus pantalones raídos y sus zapatillas de fieltro, achicándose poco a poco contra el verde pálido de la fachada, la cabeza orgullosa, el perfil duro, el cuerpo balanceante, voluminoso y destartalado, apoyando su paso inestable en el bastón, y cuando abrió la puerta del jardín sentí una especie de nostalgia anticipada, como si, en vez de ver a Miralles, ya le estuviera recordando, quizá porque en aquel momento pensé que no iba a volver a verle, que iba a recordarle así para siempre.

A toda prisa recogí mis cosas en el hotel, pagué la cuenta y llegué a la estación justo a tiempo para tomar el tren. Era también un tren hotel, muy parecido al que había tomado a la ida, o tal vez el mismo. Me instalé en mi compartimiento mientras lo sentía emprender la marcha. Luego, a través de vacíos pasillos enmoquetados de verde, fui al restaurante, un vagón con una doble hilera de mesas impecablemente dispuestas y mullidos asientos de cuero de color calabaza. Sólo quedaba uno libre. Me senté y, como no tenía hambre, pedí un whisky. Lo saboreé, fumando, mientras al otro lado del ventanal Dijon se desintegraba en el anochecer, muy pronto convertida en una veloz sucesión de cultivos apenas intuidos en la oscuridad creciente. Ahora el ventanal duplicaba el vagón restaurante. Me duplicaba: me vi gordo y envejecido, un poco triste. Pero me sentía eufórico, inmensamente feliz. Pensé que, en cuanto llegase a Gerona, llamaría a Conchi y a Bolaño y les contaría cómo estaba Miralles y cómo era esa ciudad que se llamaba Dijon pero cuyo nombre verdadero era Stockton. Planeé uno, dos, tres viajes a Stockton. Iría a Stockton y me instalaría en los apartamentos de la Rue des Daix, frente a la residencia, y pasaría las mañanas y las tardes charlando con Miralles, fumando cigarrillos en el banco escondido del jardín o en su apartamento, y más tarde quizá sin charlar, sin decir nada, sólo sintiendo pasar el tiempo, porque para entonces seríamos tan amigos que ya no necesitaríamos hablar para estar a gusto juntos, y por la noche me sentaría en el balcón de mi apartamento, con un paquete de tabaco y una botella de vino y esperaría hasta que viese que al otro lado de la Rue des Daix la luz del apartamento de Miralles se apagaba y entonces todavía continuaría un rato allí, a oscuras, fumando y bebiendo mientras él dormía o velaba enfrente, muy cerca, tumbado en su cama y recordando quizás a sus amigos muertos. Y me arrepentí de no haberle permitido a Conchi que me acompañara a Dijon y por un momento imaginé el placer de estar allí con ella y con Miralles y también con Bolaño, imaginé que entre los tres convenceríamos a Bolaño de que fuera a Dijon como quien va a Stockton, y Bolaño iría a Stockton con su mujer y su hijo, y los seis alquilaríamos un coche y haríamos excursiones por los pueblos de los alrededores y formaríamos una familia estrafalaria o imposible y entonces Miralles dejaría de ser definitivamente un huérfano (y quizá yo también) y Conchi sentiría una nostalgia terrible de un hijo (y quizá yo también). Y también imaginé que algún día, no muy tarde, la hermana Françoise me llamaría una noche a mi casa de Gerona y yo llamaría a Conchi a su casa de Quart y a Bolaño a su casa de Blanes y los tres partiríamos al día siguiente hacia Dijon aunque adonde llegaríamos sería a Stockton, definitivamente a Stockton, y tendríamos que vaciar el apartamento de Miralles, tirar su ropa y vender o regalar sus muebles y guardar alguna cosa, muy pocas porque Miralles sin duda guardaría muy pocas cosas, quizás alguna fotografía suya sonriendo feliz entre su mujer y su hija o vestido de soldado entre otros jóvenes vestidos de soldados, poca cosa más, quién sabe si algún viejo disco de vinilo con viejos pasodobles rayados que hacía siglos que nadie escuchaba. Y habría un funeral y luego un entierro y en el entierro música, la música alegre de un pasodoble tristísimo sonando en un disco de vinilo rayado, y entonces yo tomaría a la hermana Françoise y le pediría que bailara conmigo junto a la tumba de Miralles, la obligaría a bailar una música que no sabía bailar sobre la tumba reciente de Miralles, en secreto, sin que nadie nos viera, sin que nadie en Dijon ni en Francia ni en España ni en toda Europa supiera que una monja guapa y lista, con la que Miralles siempre deseó bailar un pasodoble y a la que nunca se atrevió a tocarle el culo, y un periodista de provincias estaban bailando en un cementerio anónimo de una melancólica ciudad junto a la tumba de un viejo comunista catalán, nadie lo sabría salvo una pitonisa descreída y maternal y un chileno perdido en Europa que estaría fumando con los ojos nublados de humo, un poco apartado y muy serio, mirándonos bailar un pasodoble junto a la tumba de Miralles igual que una noche de muchos años atrás había visto a Miralles y a Luz bailar otro pasodoble bajo la marquesina de una rulot en el cámping Estrella de Mar, viéndolo y preguntándose tal vez si aquel pasodoble y éste eran en realidad el mismo, preguntándoselo sin esperar respuesta, porque sabía de antemano que la única respuesta es que no había respuesta, la única respuesta era una especie de secreta o insondable alegría, algo que linda con la crueldad y se resiste a la razón pero tampoco es instinto, algo que vive en ella con la misma ciega obstinación con que la sangre persiste en sus conductos y la tierra en su órbita inamovible y todos los seres en su terca condición de seres, algo que elude a las palabras como el agua del arroyo elude a la piedra, porque las palabras sólo están hechas para decirse a sí mismas, para decir lo decible, es decir, todo excepto lo que nos gobierna o hace vivir o concierne o somos o son esa monja y ese periodista que era yo bailando junto a la tumba de Miralles como si en ese baile absurdo les fuera la vida o como quien pide ayuda para él y para su familia en un tiempo de oscuridad. Y allí, sentado en la mullida butaca de color calabaza del vagón restaurante, acunado por el traqueteo del tren y el torbellino de palabras que giraba sin pausa en mi cabeza, con el bullicio de los comensales cenando a mi alrededor y con mi whisky casi vacío delante, y en el ventanal, a mi lado, la imagen ajena de un hombre entristecido que no podía ser yo pero era yo, allí vi de golpe mi libro, el libro que desde hacía años venía persiguiendo, lo vi entero, acabado, desde el principio hasta el final, desde la primera hasta la última línea, allí supe que, aunque en ningún lugar de ninguna ciudad de ninguna mierda de país fuera a haber nunca una calle que llevara el nombre de Miralles, mientras yo contase su historia Miralles seguiría de algún modo viviendo y seguirían viviendo también, siempre que yo hablase de ellos, los hermanos García Segués —Joan y Lela— y Miquel Cardos y Gabi Baldrich y Pipo Canal y el Gordo Odena y Santi Brugada y Jordi Gudayol, seguirían viviendo aunque llevaran muchos años muertos, muertos, muertos, muertos, hablaría de Miralles y de todos ellos, sin dejarme a ninguno, y por supuesto de los hermanos Figueras y de Angelats y de Maria Ferré, y también de mi padre y hasta de los jóvenes latinoamericanos de Bolaño) pero sobre todo de Sánchez Mazas y de ese pelotón de soldados que a última hora siempre ha salvado la civilización y en el que no mereció militar Sánchez Mazas y sí Miralles, de esos momentos inconcebibles en que toda la civilización pende de un solo hombre y de ese hombre y de la paga que la civilización reserva a ese hombre(Vi mi libro entero y verdadero, mi relato real completo, y supe que ya sólo tenía que escribirlo, pasarlo a limpio, porque estaba en mi cabeza desde el principio («Fue en el verano de 1994, hace ahora más de seis años, cuando oí hablar por primera vez del fusilamiento de Rafael Sánchez Mazas») hasta el final, un final en el que un viejo periodista fracasado y feliz fuma y bebe whisky en un vagón restaurante de un tren nocturno que viaja por la campiña francesa entre gente que cena y es feliz y camareros con pajarita negra, mientras piensa en un hombre acabado que tuvo el coraje y el instinto de la virtud y por eso no se equivocó nunca o no se equivocó en el único momento en que de veras importaba no equivocarse, piensa en un hombre que fue limpio y valiente y puro en lo puro y en el libro hipotético que lo resucitará cuando esté muerto, y entonces el periodista mira su reflejo entristecido y viejo en el ventanal que lame la noche hasta que lentamente el reflejo se disuelve y en el ventanal aparece un desierto interminable y ardiente y un soldado solo, llevando la bandera de un país que no es su país, de un país que es todos los países y que sólo existe porque ese soldado levanta su bandera abolida, joven, desharrapado, polvoriento y anónimo, infinitamente minúsculo en aquel mar llameante de arena infinita, caminando hacia delante bajo el sol negro del ventanal, sin saber muy bien hacia dónde va ni con quién va ni por qué va, sin importarle mucho siempre que sea hacia delante, hacia delante, hacia delante, siempre hacia delante.

Últimos títulos